書下ろし

情報売買

探偵・かまわれ玲人《れいじ》

浜田文人

祥伝社文庫

【主な登場人物】

大原《おおはら》 玲人《れいじ》（42）私立探偵
内閣官房付き 非常勤調査官

竹内《たけうち》 小太郎《こたろう》（29）警視庁公安部公安総務課

松尾《まつお》 莉子《りこ》（32）内閣情報調査室（CIRO《サイロ》）国内部職員

前田《まえだ》 和也《かずや》（47）内閣官房 審議官

藤本《ふじもと》 明穂《あきほ》（40）クラブ経営者

吉永《よしなが》 学《まなぶ》（53）栄和証券 市場マーケティング部

荒井《あらい》 康太《こうた》（42）東洋新聞社 政治部

稲村《いなむら》 将志《まさし》（61）民和党 衆議院議員

人の世には、かまう者とかまわれる者がいる。

どうやら大原玲人《おおはられいじ》は、かまわれる側の者のようである。

けれども、本人にはそういう自覚がない。

しかも人づき合いが苦手で、ひとりでいるのが気楽だと思っているものだから、頼みもしないのに誰彼に声をかけられ、世話を焼かれるのがある種の苦痛であった。

寄って来る人たちを蠅《はえ》か蚊のように思うときもある。

かまわれ者の玲人は、人がそばに来るたびにとまどい、とはいえ、邪険に追い払うこともできず、いつしか首をかしげるのが癖《くせ》になった。

1

きょうも笑顔であらわれたら声をかけよう。

大原玲人はそう決めていた。

中川聖子を尾行して三日目になる。

おとといは夫の雄一が自宅を出て三十分も経たない午前九時前に、きのうは午後二時にでかけて、いずれも三時間ほどマンションの一室にこもっていた。

二十三平米のワンルームマンションである。賃貸利用を理由におなじマンションの同タイプの空室を見学したので間取りはわかっている。

――自宅の電話にも携帯電話にもでないときがあるんです。それに、この二か月くらいは妙に機嫌がよく……そうかと思うと、どこか上の空で、そわそわしたり、考え込むような顔をしたり……男ができたんじゃないかと……なにしろ、二十五も歳が離れているし、わたしが拝み倒して後添《のちぞ》えにしたものだから心配になって――

来年に還暦を迎える雄一は、訴えるようなまなざしでそう言った。

大田区蒲田《かまた》の数か所に土地を持つ彼は、マンションを建て、駐車場を造り、それらを管理するための不動産会社を経営している。雄一を紹介した者の話では、先祖からの土地を護《まも》るのが己《おのれ》の務めと言っているらしい。

玲人は、コーヒーショップから斜め前にあるマンションの正面玄関を見ている。

中川家から歩いて十分ほどの距離にあり、近くには大型店のスーパーがあるせいか、路上にはけっこうな人の往来がある。

午後四時になろうとしている。

そろそろあらわれるか。

玲人は外にでて、マンションの玄関の近くに立った。

予想どおり、ほどなく聖子が姿を見せた。

ピンクのセーターの下は白いチノパンにスニーカーという身なりで、この三日間とも近くへ買出しにでかけるような軽装だった。

表情が弛《ゆる》んでいる。マンションへむかうときは周囲を見ることもなく急ぎ足だったけれど、いまの足どりはゆっくりである。

それも連日おなじだ。

階段を降りたところで、聖子がふりむいた。

玲人は聖子のそばに寄った。

「中川雄一さんの奥さんですね」

聖子がびっくりするように目を見開いた。

「あなたは……」

声にはとまどいの気配があった。

玲人は努めてやさしい顔をした。

演技は苦手なのでぎこちない笑みに見えただろう。

「探偵の大原と申します」

「探偵……」

聖子の声が裏返った。

「そうです。ご主人からあなたの調査を依頼されました」

玲人は、おだやかな口調で正直に話した。

調査対象者に面と向かい、素性も事情も明かすにはそれなりの理由と確信がある。

「さしつかえなければ、このマンションの三〇一号室に戻っていただけませんか」

「あのう……どうして、主人がわたしを……」

「それは部屋に入ってから話します」

なにかを思いついたのか、聖子の顔つきが険《けわ》しくなった。

「身分を証明するものをお持ちですか」

「運転免許証なら」

「そんなものを見たくらいで部屋に入れることはできません」

「不審に思われるのはいたし方ありませんが、自分がご主人に依頼された探偵であることは証明できます」

「どうやって」

「あなたはことし九月一日からここの三〇一号室を借りられた。借主はあなたで、保証人はあなたの実の姉の北野朋美《きたのともみ》さん、連帯保証人は高校時代からの友人の永島由香《ながしまゆか》さん。あなたは、部屋を借りたことをご主人には内緒にされている。違いますか」

「それは……」

「よからぬ意図を持ってあなたに接近するのであれば、そこまで調べません。どうしても拒否されるのなら、この場でご主人に連絡しますが、それでもかまいませんか」

「こまります」

聖子が小声で言い、眉《まゆ》をさげた。

玲人は、携帯電話の画面を見せた。

「ご主人のケータイと、会社の社長室にある電話の番号です」

聖子がそれを見てうなずいた。

三〇一号室のドアを開けるや、小犬がワンとひと声吠《ほ》えた。尻尾《しっぽ》を振り、聖子の足に絡《から》みつく。

玲人はペットを飼った経験がないので犬猫の種類に関して無知である。

「なんて犬ですか」

「チョコちゃん」

「えっ」

「名前よ」

聖子が犬を胸に抱き、言葉をたした。

「チワワ……両親がチャンピオンの超良血なのよ」

「…………」

どう応えればいいのかわからず目を白黒させた。

「おあがりください」

聖子に続いて、リビングに入った。

簡素な部屋である。

部屋の中央に敷かれた円形のカーペットにチェアと円形テーブルが置かれている以外に家具と呼べるものはなく、家電製品は玄関からリビングにむかう通路で見た小型の冷蔵庫だけであった。

人が暮らす部屋になっていないのはあきらかだ。

部屋の片隅に籐《とう》細工のケージとシートを敷いた浅い箱がある。

「ペットボトルの飲み物しかありませんが」

「おかまいなく」

玲人はそう言って床に胡坐《あぐら》をかき、室内を見渡した。

雄一の不安と疑念を裏づけるものはなにひとつ見あたらない。

男のにおいどころか、人の生活臭さえも感じとれないのだ。

テーブルをはさんで向き合うなり、聖子が口をひらいた。

「主人は、あなたになにを依頼したのですか」

「ひと言で言えば、素行調査です」

「えっ」

聖子が頓狂《とんきょう》な声を発し、すぐに声を立てて笑った。

「わたしが浮気しているとでも勘ぐってるの」

緊張が解けたのか、くだけた口調になった。

「どうでしょう」

玲人はさらりと返した。

「まあ、浮気って言えば、言えなくもないけど……ねえ、チョコちゃん」

聖子が胸の小犬を持ちあげ、頰《ほお》ずりした。

玲人は、首が傾《かたむ》きかけているのに気づき、姿勢を戻した。

「ご主人の電話にでてあげてください」

「あっ、そういうこと……でも、だめなの」

「どうしてですか」

「この子が吠えると……主人は大の犬嫌いなのよ」

「だから、内緒でマンションを借りたのですか」

「そう。それだけじゃ……」

聖子が声を切り、手のひらで口を隠した。

「ほかにも理由があるのですか」

「………」

「あなたが正直に話されるのなら、ここのことは内緒にします」

「ほんとう」

語尾がはねた。

「はい。他人様《ひとさま》の家を引っ掻き回したくはありません」

疑るような目つきは一瞬で消え、聖子は首をすくめたあと立ちあがった。

クローゼットの扉が開いた。

色とりどりの洋服が吊るしてある。

床には大小異なる幾《いく》つもの紙箱がならんでいる。

「家には置けないものばかりなの」

聖子が扉を開けたままにして戻って来た。

「主人はケチで……そんなことはつき合い始めてすぐにわかったんだけど……勘違いしないで……わたしは、主人のケチを責めてるわけじゃないのよ。主人の資産をめあてに結婚したわけでもないの。でもね、女だから……わかるでしょう」

玲人はうな垂れそうになった。

なさけない目になっているかもしれない。

言葉をさがしているうちに、聖子が話を続けた。

「内緒にしていただけますよね」

丁寧な口調に戻ったけれど、威《おど》すような棘《とげ》が感じられた。

「あの紙箱の中身は何ですか」

「ほとんどはバッグよ。奥には小型の金庫があって指輪や時計が入ってる」

「高価なものなんでしょうね」

「そう」

聖子の声がはずみ、瞳がきらめいた。

わずか十分ほどの間に、聖子は様々な表情を見せた。

「クローゼットにある品物の総額はどれくらいなのですか」

「一千万以上……」

聖子が首をすくめ、ややあって言葉をたした。

「三千万は超えていないと思う」

「そのおカネはどうやって工面したのですか」

「独身のころ貯めたおカネを……でも、あっという間になくなって……」

聖子がくちびるを嚙《か》んだあと、肩をおとした。

「とり返しがつかなくなる前に、正直に話されたほうがいいですよ」

「そうね」

弱々しい声のあと、思いだしたように顔をあげた。

「同窓会のせいなの。主人の威厳を護るためだったの」

「どういう意味です」

「高校の同窓会で、皆にばかにされたの。おカネ持ちと結婚したのに、地味な服を着て、安っぽいバッグを持ち歩いてって……よく見ると、皆がシャネルやヴィトンなんかのブランドで着飾っていたの。おまけに、ご主人がケチだといううわさはほんとうみたいとまで言われて……悔しくて、眠れなくて……つぎの日に、貯金をおろして買ったのよ。皆が持っていなかったエルメスの三百万円のバッグを……」

「それで、病みつきになったのですか」

「そう」

また声が沈んだ。

「どうされるのですか。まだ病気は治りそうにありませんか」

聖子がむっとしたような表情を見せたが、それはほんの一瞬だった。

「教えてください。主人は家の金庫のおカネが減っているのに気づいたのですか」

「…………」

「ひと束くらいと思ったのよ。だって、夫婦なんだもん。金庫の番号もキーの保管場所も教えられて……何億もあるから、つい……ひと束が三つ四つになって……」

「………」

玲人は感情を隠すのに必死で、声がでなかった。

無言は肯定《こうてい》と勘違いしたのか、聖子が前のめりになった。

「ねえ、どうしましょう」

玲人はのけぞりかけた。

仕事をしているだけなのに、面倒を押しつけられそうな気分になっている。

指の先に赤とんぼが止まった。

玲人は息をひそめた。

竹箒《たけぼうき》を手に縁側でひと休みしてすぐのことである。

右手の人差し指で赤とんぼが羽を沈めた。

じっとしていようと思ったとたん、身体が堅くなった。

どうして俺の指なんだ。

そう訊いてみたくなる。

七メートル四方のちいさな庭だが、松の木がある。葉がおちそうな桜の木もある。ほかに止まるところがあるのにと思いながらも、赤とんぼに見入った。

羽から透かして見える赤い胴が息づいている。

玲人は堪《こら》えきれなくなって、そっと息をした。

赤とんぼはピクッとも動かなかった。

おい、寝るなよ。

そう声をかけたくなった。

「あら」

門のほうから甲高い声がした。

赤とんぼがふわりと指を離れ、あぶなげな動きで中空を飛んで行く。

裏手に住む西村和子《にしむらかずこ》が両手にレジ袋をさげて入ってきた。

それを見て、玲人はきょうが日曜日なのに気づいた。

玲人は、先の約束をするのを嫌うので、曜日ばかりか日付にも無頓着《むとんちゃく》である。

近くのスーパーは日曜が恒例の特売日だと聞いている。

「見て。あなたの好物がこんなに手に入ったよ」

和子がレジ袋の中身を縁側にならべた。

ほうれん草に水菜、キャベツにレタスと、葉物野菜がたくさんある。

俺はヤギか。

玲人は、ふとそう思い、苦笑した。

「東京産の安売りをしていたの」

和子がたのしそうに言い、別のレジ袋の中身をとりだした。

「缶詰も激安よ」

オイルサーディンに鯖《さば》の味噌煮、秋刀魚《さんま》の蒲焼《かばやき》など、十種類ほどある。

玲人は、首を傾け、和子に声をかけた。

「お店で使えばいいのに」

和子がむっとした表情になった。

機嫌を損ねると、態度が豹変《ひょうへん》し、機関銃のようにまくし立てる。

まずいと思ったときはもう遅かった。

「わたしの店は十七年間、一度だって手をぬいたことがないの。お通しも単品もすべてチーフの手料理よ」

「ごめん」

玲人は素直に詫《わ》びた。

和子は蒲田駅前で十五坪ほどのバーを経営している。三十歳まで歌手をめざしながら銀座のクラブに勤めていたそうである。

人懐こい笑顔をふりまき、年配の男にはあまえ上手の一面もあり、水商売が天職のような人たらしだが、それが善意にとられるのか、客受けは頗《すこぶ》るいいようだ。

それでも、生来の気質の荒さを隠すつもりはさらさらないようで、しかも、彼女の辞書には我慢の文字がないのか、相手かまわず感情をぶつけるので、常連客と仲違いすることもめずらしくはないという。

——俺、開店以来の客だけど、これまで五回も出入り禁止を食らったよ——

——店で喧嘩《けんか》になってさ、翌日に呑みかけのボトルが会社に届いたことがある——

玲人は、和子の店で、顔なじみになった客からそんな話を聞いた。たのしそうに言うのだから、一時の仲違いも親睦を深めるための儀式のようなものかもしれない。

「好きなのを選んで」

和子がつっけんどんに言った。

まだ機嫌は横をむいているらしい。

玲人は、思いつくままに、ほうれん草と椎茸《しいたけ》と大根、缶詰三個を手前に移した。

「あがるよ」

和子がスニーカーを脱ぎ、家のなかへ入っていった。

すぐに戻ってきたときは包丁を手にしていた。

「大根は半分にするね」

真っ二つに切り、根のほうを玲人に渡した。

この分け方は気に入っている。

玲人は辛味の強い先端部分が好きで、和子は逆のほうが好みなのだ。

「お昼は食べたの」

和子の目が端に寄った。

ものを言う目には慣れた。

「さっき済ませた」

和子がつまらなそうな顔で視線をおとし、生タラコのパックを手にした。

「せっかくタラコスパゲティを作ってあげようと思ったのに」

諦《あきら》め口調ではなく、食べさせたいという気持がこもっていた。

「ごめん」

玲人はまた詫びた。

知り合って六年、和子が家に来るようになって五年になる。

中学の同窓会の二次会で和子の店に行ったのがきっかけだった。同級生のひとりが玲人と和子の家が近いと言ったので和子が玲人の身辺のことをあれこれ訊き、独《ひと》り暮らしはなにかと不便だろうから差し入れをしてあげると言いだした。

玲人は酒場での話と聞き流したのだが、和子が翌日の昼に家を訪ねてきて、近くにおいしい餃子《ぎょうざ》の店があると誘われ、それ以降、週に一、二回は顔を見せるようになり、ほどなくすると食料品や衣類、雑貨まで運んでくるようになった。

玲人はこまって同級生に相談したのだが、あの人は無類の世話好きだからやりたいようにさせとけばいい、などと軽くあしらわれ、実際そのとおり、他人の世話を焼くのが生き甲斐《がい》のように思えるので、むげにはことわれず現在に至っている。

和子の二面性というか、気質の根っこに気づいたのはずっとあとのことだった。そのときはすでに、和子は我が家のように出入りしていて、近所の人から、愛想のいい彼女ね、とひやかされたこともある。

「そうそう」

和子が声を弾ませた。

「おととい、中川さんが店に来て……よろこんでいたよ」

「そう」

曖昧《あいまい》に返した。

玲人に中川を紹介したのは和子だった。

依頼主への調査報告は一週間後の約束だったので聖子と話した日は連絡しなかったのだが、翌日に雄一から電話がかかってきた。

——いやあ、申し訳ないし、はずかしいかぎりだが、わたしの、ゲスの勘ぐりだった。男のジェラシーはみっともないね——

——仲直りされたのですか——

——そうなんだ。二人で夜明けまで話し合って、不安も誤解も解けたよ——

——それなら、調査は終了ですか——

——ああ。きょうの分まで、調査費と経費は請求書を送ってくれたまえ——

もの言いといい、声の張りといい、あまりの変わりように返事ができなかった。

「でも、うわさどおりのケチね」

和子の声に逸れていた視線を戻した。

「聞いたわ。一週間の契約なのに四日分しか支払わなかったんでしょう」

「調査の必要がなくなったのだから仕方ないよ」

「それにしても、すこしくらい色をつければいいのに」

玲人は手のひらをふった。

依頼中止の連絡を受けたときは、聖子がどう言いのがれたのか気になったけれど、クビになった探偵が案じることではない。時間が経つにつれ、自分が依頼主にうそをつかなくて済んだこと、聖子の片棒を担がずに済んだことを、幸運と思うようになった。

「中川さんの奥さん、女盛りで色っぽいからね。あまえ声で、イチコロよ」

玲人も同感だった。

だが、相槌《あいづち》を打つつもりはない。

ベッドの上で話し合ったのか。

そんな想像も口にはできない。

どんなひと言も長話を誘ってしまう。

「こんにちは」

開けっ放しの門から声がして、藤本明穂《ふじもとあきほ》が入ってきた。

「やあ」

玲人は笑顔で手を挙げた。

とたんに、和子の頬がふくらんだ。

明穂が和子を見て、足を止めた。

オフホワイトのミニスカートの下から黒タイツの細い脚が伸びている。上は黒のタンクトップに濃茶の革ジャンパーを着ている。

「どうぞ。入ってください」

玲人はやさしく声をかけた。

「おひさしぶりです」

明穂が和子に挨拶をして、玲人の前に立った。

「これ貰《もら》い物なんだけど、よろしかったら……」

明穂が紙袋を差しだして言葉をたした。

「玲人さん、海苔《のり》が好きだと言っていたから……削り節も入っています」

「ありがとう」

玲人が受けとると、明穂が素顔の目元に笑みを走らせた。

それでも、和子が気になるのか、すぐ真顔に戻した。

「では……」

明穂が和子に視線をむけた。

「お話し中にお邪魔して、ごめんなさい」

明穂が門のほうへむかった。

うしろ姿が消えないうちに、和子が口をひらいた。

「よく来るの」

声には棘が感じられた。

「月に一度くらいかな」

「そう。あの人、ひとり娘なのに親をほったらかして、麻布《あざぶ》に住んでるそうよ」

「ここから銀座にかようには大変なんだろう」

明穂は、銀座八丁目でクラブを経営している。

「見栄よ」

和子が語気を強めた。

玲人は目をまるくした。

また話が長くなりそうで、気分が滅入りかけた。

「だって、たまに見かけるけど、いつもマスクをしてるのよ。伊達《だて》メガネをかけてることもある。変でしょう。銀座ならともかく、ここは蒲田で、しかも、この家のとなりが実家なのに……わたしなんか、銀座で働いていたときも、お店でもスッピンよ」

玲人は携帯電話で時刻を確認した。

あと十三分で午後三時になる。

あまり他人に会わせたくない者が来ることになっている。

「そろそろ……」

「あっ」

和子が甲高い声を発し、庭の隅を指さした。

小犬が後ろ足の片方をあげている。

門から小太りの中年女がおずおずと入ってきた。

「あら、ミーちゃん、だめよ」

犬にむかって言ったあと、玲人に顔をむけた。

「ごめんなさい。ちょっと目を離した隙に……」

言い訳がおわる前に用を済ませた犬が女のところへ戻り、尻尾を振る。

女が抱きあげた。

「他人の家の庭でおしっこをさせるなんて、どういう躾《しつけ》をしてるの」

和子が声を荒らげた。

玲人は黙っていた。和子をなだめても、中年女をたしなめても時間のむだである。

それに、おなじ犬が庭に入ってきたのはきょうが初めてではなかった。犬は敷地に入ると、鼻で嗅ぎながら、桜の木の根元へ進み、そこで片足をあげている。いつからなのかわからないが、散歩の途中の便所になっているのだ。

そのことを言えば、和子はますます怒るだろう。

「ごめんなさい。この子に、よく言ってきかせます」

女が犬の頭を撫《な》でながら言った。

「あまやかしすぎよ」

和子の剣幕が収まらないと知ったか、中年女が背をまるめて去った。

「さあ」

玲人は腰をあげた。

「俺はこれから用があるので……」

和子が笑顔に戻し、レジ袋のひとつを手にした。

「あら、ごめんなさい」

門へむかって五、六歩進んだところで足を止め、ふりむいた。

「変な人たちを家に入れないほうがいいわよ」

「……………」

玲人は返事にこまって首を傾けた。

和子が去って三分と経たないうちに、スーツを着た若者がやって来た。

玲人の家は大田区蒲田の、古くからの住宅街にある。

両親が結婚した年に建てた平屋で築四十三年になる。

玲人が警視庁を退官して自宅に戻ったときに外壁を塗り替えたので外観はさほどではないけれど、室内はあちこち傷みがめだち、廊下は歩くたびにミシミシと軋《きし》み、床があまくなっているのだろう、ちかごろは畳もへこみだした。

それでも玲人は、水漏れで使えなくなったタイル張りの浴室と一室を除いて、改修していない。多少の不便と地震時の不安はあっても、使えるうちは両親の匂いを残しておきたいと思っている。

ひとり息子の玲人にとって、自宅は年子の兄のようなものなのだ。

八年前に酒好きの父が肝臓がんで死んだ。五十九歳だった。一歳下の母は、三年間の看病疲れで身体が弱っていたのか、風邪をこじらせ肺炎になり、半年後に他界した。

かつては老人と称された節目の還暦を迎えることなく逝《い》ってしまった。

玲人は、闘病生活が長かった父はともかく、母の死には忸怩《じくじ》たる思いがある。

仕事にかこつけて看病しなかったことが母の死因だと思っているし、それ以前に、父の死後の母の身体を気遣わなかったのが遠因だと思っている。

母の死化粧をするさい、玲人はみずから紅を差した。

ざらついた皮膚に、母の苦労を知った。

玲人は、初七日をおえても職場に復帰しなかった。

警視庁警備部警護課警護第四係の主任が最終役職で、階級は警部補だった。

都知事や政党の要人を担当する警護第四係には八年在籍し、そのうちの五年間は、当時は政権党だった民和党《みんわとう》の稲村将志《いなむらまさし》の近接保護、いわゆる身辺警護を行なっていた。

一身上の理由で退官の意思を伝えると、上司は本気で慰留し、実子のように面倒を見てくれた稲村は翻意《ほんい》を促《うなが》したのだが、玲人は折れなかった。

それでも警察官であったことは忘れきれず、ほかに己に適した仕事は思いつかず、上司の勧めもあって、蒲田の自宅を城に探偵稼業の看板を掲げたのだった。

チラシを作って他人の家のレターボックスに投函することもなく、インターネットで稼業を宣伝することもなかったので、当然のごとく、当初は無職同然であった。

近隣の人たちと挨拶を交わすようになってぽつぽつ仕事の依頼がくるようになり、世話好きの和子のおかげで三度の飯が食べられる程度の仕事量になった。

依頼のほとんどは市井《しせい》の面倒事というか、雑事の処理で、体力を使うことも、古巣に頭をさげ、協力を得ることもなかった。

退官して一年が過ぎたある日、稲村から食事に誘われた。

彼が内閣改造で官房長官に就《つ》いて間もなくのことであった。

――君に協力してもらいたい――

料亭の一室でそう言われた。

丁寧にことわったのだが、稲村は諦めなかった。

――わたしの任期中でかまわない――

最後はそのひと言で要請を受けた。

稲村への恩義もあるが、警察官への未練がそうさせたのだろうと玲人は思っている。

そうであるのなら復職すればいいのにとつぶやく自分もいるけれど、玲人はすこしでも長い時間を自宅で過ごしたかった。気ままな暮らしを気に入る自分がいるし、苦手な人づき合いから解放された自由を捨てる勇気はめばえなかった。

もうひとつ、いやな記憶を消せないのも復職できない理由で、その記憶は市井との深いかかわりも拒《こば》み続けている。

かくして、非常勤の内閣官房付き調査官という肩書きを得た。

稲村が玲人を雇うために便宜上、限定措置として設けた役職で、職務は内閣官房が入手する膨大な量の情報のなかから、国家や内閣に影響を与えそうなそれの調査を極秘に行なうことであった。

おなじことは内閣情報調査室、略称CIRO《サイロ》が行なっており、CIROの場合は、情報提供契約を交わしている者のほか、いわゆる情報屋という者たちを使っている。

彼らには内閣官房から報償費として対価が支払われている。

いわゆる、官房機密費である。

三年前に政権が民和党から新政党に移ったとき、官邸内の箍《たが》が弛んで機密事案が外部に流出し、一時期はマスコミが一斉に機密費問題を扱った。

使途不明のカネの存在があきらかになったからだ。くわえて、まったく活動していない者にまで定期的に報償費が支払われている実態が暴露され、官房報償費リストの存在の有無がマスコミの関心を集めた。

しかしながら、ほどなく騒いだマスコミが矛《ほこ》を収めた。

返り血を浴びることを恐れたからである。

官房報償費リストには、現役の新聞記者やライター、名の売れたジャーナリストやアナリストの名が載っていたからだといわれている。

玲人は、法律で保証された最低額の給料を内閣官房からもらい、内閣審議官をとおして指令があるたびに報償費を受けとることになった。

稲村が一年も経たずに官房長官の職を辞したとき、玲人も辞表を提出したが、官邸内の実務を仕切る警察官僚の慰留に押し切られて撤回した。

その彼は稲村の名を口にしなかったが、稲村の意向が働いたと推察した。

ただし、自分への恩情とか配慮だけによるものではないとの自負はある。稲村に指示された任務では彼が満足する結果を残せたと思っている。

かくして、玲人は、どちらも定職とは言えない二足の草鞋《わらじ》を履き続けている。


玲人は訪問者の竹内小太郎《たけうちこたろう》を連れて、奥の一室に入った。

仕事場だが、探偵稼業のほうで使う部屋ではない。

内閣官房の仕事をすると決めたとき、生前に母が使っていた部屋を改修した。唯一、全面改修した部屋で、母の面影をたどるものはなにひとつないけれど、仕事場を造ることであの世の母を安心させられると思い、決断したのだった。

八畳の洋間には、一面の壁に書架があるほか、二基のパソコンが載るデスクと、円形テーブルを囲む三脚のソファ、五十インチのテレビと仕事に必要な機材がある。

壁は強度の防音素材で、窓はなくした。

竹内が紙袋からコーヒーの紙コップをとりだした。

フライドチキンとフライドポテトもテーブルに置かれた。

「よろしければ、どうぞ」

そう言うや、小太郎がフライドチキンに嚙みついた。

中肉中背の体軀《たいく》ながら食欲は旺盛で、食べ物を目の前にすると職務も礼儀も失念するようだが、玲人はそんなことに頓着しない。

コーヒーを飲みながら雑談を始めた。

「どうだった。いい人を見つけたか」

小太郎が首をすくめ、頰がふくらんだ顔を左右にふった。

――初めて合コンやるんです――

先週会ったとき、小太郎がうれしそうに言った。

警察官の官舎はなにかと規律が多く、独身者は窮屈な生活を強《し》いられている。

そのうえ私服の刑事ばかりか、制服警官も勤務時間が不規則で、一一〇番通報があれば緊急出動し、事件や事故が発生すれば所轄署内で寝泊まりすることになる。

交際したくても異性に出会う機会はすくないし、運よく相手を見つけても、不規則な勤務時間と激務のせいで愛想を尽かされてしまう。

若い警察官はストレスが溜まり、精神がゆがむ者もすくなくはなく、破廉恥《はれんち》な行為で罪を犯し、退官する者が跡を断たないのが現状である。

警察官は早く身を固めたほうがいい。

上司から新人への助言は、仕事に関するものを除けば、昔も今もそれが一位だ。

来年で三十歳になる小太郎は、おおらかで物怖《ものお》じしない性格のおかげか、上司や同僚に好かれているようだが、本人の弁によれば女運が悪いという。

面相が良く、身なりも清潔感があるので持てそうなものだが、いや、実際に何人かの女と交際したそうだが、長くて八か月だったらしい。ある女とは結婚の話まで進み、彼女の両親と食事をする約束をしていたのに、仕事で緊急事態が発生し、直前にキャンセルしたばかりか、それが三回続いて、結局、破談になったという。

どこかのイベント会社が男性警察官相手の合同コンパを企画し、同僚に誘われた小太郎はイベント会社に登録し、合コンへの参加機会を得たそうである。

小太郎がゴクッと咽《のど》を鳴らして口をひらいた。

「ドラマの見すぎですね。集まった女の人の大半は、端《はな》から所轄署の捜査一係の男たちがめあてだったらしく、なかには警視庁捜査一課の刑事さんはいないのと言う人もあらわれる始末で……公安部なんて、まるで無視、いえ、悪者扱いでした」

「おいおい、ほんとうの部署を教えたのか」

小太郎は警視庁公安部公安総務課に勤めている。都内の私立大学を卒業し、三つの所轄署で地域課と生活安全課を経験したのち、二十七歳で巡査部長に昇進すると同時に、いまの部署へ配属された。本人は捜査一課の刑事を夢見ていたそうだが、忍耐を強いられ、守秘義務を課せられる公安部になじむのに時間はかからなかったという。

映像や小説の世界で扱われるように、警視庁の捜査一課は花形部署ではあるが、公安部は陰となって都民を、国民を、国家を護る職務なので、それを自覚すれば捜査一課の捜査員と同等の、いや、それ以上の矜持《きょうじ》がめばえると聞いたことがある。

「まずかったですね」

小太郎が舌をだし、言葉をたした。

「登録するさい、イベント会社は個人情報を護ると約束したのに、女性たちに渡した資料には参加男性のことが詳細に書いてあって……その……公安の仕事に興味のある女性に声をかけられたのですが……」

「ほう。それなのにだめだったのか」

「はい。彼女は小説家志望で……つまり、取材の対象者だったわけです」

あまりになさけない顔で言うので、玲人は吹きだしそうになった。

小太郎が残りのチキンとポテトをたいらげる。

満腹になれば機嫌が良くなるのは小太郎の常で、すっかり来たときの表情に戻った。

玲人はカップを置いた。

「きょうは大事な話があるようだな」

「わかるのですか」

小太郎が目をまるくした。

「勘だよ」

玲人はさらりと返した。

小太郎が鞄から封筒を手にし、中身を玲人に渡した。

――官邸情報の漏洩《ろうえい》疑惑に関する捜査報告書――

その見出しの右下に警視庁公安部公安総務課の文字がある。

「官邸が直接、公安総務課に指示したのか」

「わかりません。自分は課長の命令どおりに動いているだけです」

「この報告書を届けに来たのは官邸の指示か」

「もちろんです」

玲人は首をかしげた。

これまでは内閣官房審議官から指令を受けていた。小太郎が玲人の補佐役を務めるようになって二年になるが、今回のようなことは初めてである。

「この報告書を官邸に届けに行って、ここを訪ねるよう指示されたわけか」

「はい。前田《まえだ》審議官からは、一両日中に連絡するとの伝言を預かりました」

警察官僚の前田和也《かずや》は、三年前の新政党政権誕生の直後に警察庁から出向してきた。玲人に指令を発する三人目の審議官である。

「まだ緊張しているようだな」

「えっ」

「ネクタイを緩めていない」

「あっ。そういうことなのですね」

小太郎が手のひらを頭に乗せた。

ネクタイだけではない。きれいに整髪し、革靴は光っていた。身なりに気を遣う小太郎とはいえ、そこまで隙を見せないのは官邸の要人に会った証拠である。

玲人は三十枚の報告書を通読しながら、質問事項を頭で整理した。

「内偵捜査という割にその期間が短いな」

公安総務課の捜査期間は九月二十日からの一か月だった。通常の内偵捜査は最短でも三か月を要し、国家機密に属する極秘事案は年単位に及ぶこともある。

「官邸の強い要望のようです」

「官邸情報が洩れたのは、この医療分野の規制緩和に関する事案だけなのか」

「公安総務課への指示はそれだけです」

「官房が情報漏洩の疑惑を抱いた理由は何だ」

「厚生労働省が医療機器や医薬品の規制を緩和する素案を作成し、官邸が実施するかどうか検討を始めた翌日に、医療機器の大手企業二社の株が大幅に値をさげたそうです」

「それだけか」

「はい」

玲人は、また首を傾けた。

幾つもの疑念が頭のなかを飛び交っている。

しかし、それを小太郎相手に口にしても仕方ない。

「医療分野の規制緩和に関する情報の提供はあったのか」

「いいえ。なにも……なので、自分なりに勉強しました」

小太郎がすこし胸を張り、話を続ける。

「がんや難病で苦しんでいる方々は廉価《れんか》な外国の新薬を求められているのですが、日本はこれまで輸入規制を緩和してきたものの、許認可に至るまでの過程が複雑で時間がかかりすぎるようです。厚生労働省は専門の委員会を設けて協議しているのですが、それにも時間がかかって……そんな折にTPP問題がおきて、官邸はTPP参加の本気度を国外に……とくにアメリカですが、示すために新薬の許認可審査の簡略化と、輸入規制のさらなる緩和を検討しているようです」

玲人は黙って聞いた。

国論が二分するTPPへの参加に反対の立場なのは農林水産業の関係者に留まらず、保険業界や医療業界の団体や企業もおなじである。

比較的国民の理解を得やすいのが医療の分野で、政府は病魔に苦しむ患者の悲痛な声を汲《く》むという名分の下、これまでも、徐々にではあるが規制緩和を行なってきた。

その程度の知識は持っているが、それを口にすれば小太郎のやる気を削《そ》いでしまうし、そもそも言う必要も覚えない。

話を先に進めた。

「捜査対象者は、経産省と厚労省と外務省の正副大臣、内閣政務官二名の、計八名。指示の時点で、素案作りを行なった厚労省の役人は除かれていたのか」

「はい」

どうして。

そう言いかけて、やめた。

前田は指示の背景も意図も公安総務課に教えていないだろう。

八名の捜査対象者のうちの誰かが情報を洩らしたと、さらに深読みすれば、その誰かも推察できていて、確証を得るために公安総務課に捜査を指示したとも思える。

「これは中間報告なんだな」

玲人は確認するように言った。

報告書には八名への監視と身辺調査の内容が記されているけれど、被疑者を特定するどころか、それに迫るような文言もなかった。

「いいえ。最終報告です」

「中途半端な捜査だな」

「そうなのですが、おととい、審議官からお役御免を申し伝えられ、それで急遽《きゅうきょ》、これまでの捜査内容を報告書に作成し、官邸に持参したのです」

「おまえが行ったのも審議官の指示か」

「はい」

「俺への伝言はほかにもあるか」

「連絡するまでに捜査報告書を精読しておくようにと……それを聞いたとき、詰めの捜査を玲人さんにやらせるのだと……そうひらめきました」

小太郎がうれしそうな顔で言った。

堅苦しいつき合いが苦手なせいか、姓で呼ばれるのがいやで、身近な人や仕事仲間には名で呼んでもらっている。

玲人は、両手を頭のうしろで組み、天井を見あげた。

そうしなければ、気分が重くなって肺が萎《しぼ》むほどのため息がでそうだった。

先ほどの推察はあまく、深読みも的を射ていないようにも思えてきた。

前田審議官は、端から自分にやらせるつもりで、その予備調査として公安総務課に内偵捜査を指示したのではないか。

その理由が頭にちらつき、気分が重くなってきたのだった。


小太郎を門まで見送りにでたときは暗くなりかけていた。

気分がさらに重くなる。

夕食をどうするか。

ひととおりの家庭料理は作れるし、味にも自信があるけれど、キッチンに立つことが億《おっ》劫《くう》になりかけている。元々が面倒くさがりで、何事にもまめではないのだ。汚い部屋に住みたくないから掃除をする。おなじ肌着を二日と着たくないから洗濯する。料理も腹が空くから仕方なく作っているのである。

掃除や洗濯と違い、食事は外でも食べられる。出前も注文できるし、コンビニエンス・ストアにはいろんな料理がならんでいる。

そんなことを思うようになって、料理を作るのが面倒になりつつある。

そうか。

玲人は、海苔を貰ったのを思いだして、米を研《と》ぐ気になった。

大根おろしに鯖の缶詰と頭にうかび、ようやく空腹を覚えた。

「玲人さん」

玄関にむかいかけたところで、背に声が届いた。

ふりむいた先に、黒のスウェットを着た男が立っていた。

隣家の主で、明穂の父親の藤本栄蔵《えいぞう》だった。

栄蔵が笑顔で話しかける。

「晩ご飯は済まされましたか」

「いいえ。これから作ろうかと……」

「そりゃ、グッドタイミングだ」

「えっ」

「どうです。俺ん家《チ》で食べませんか。旨《うま》そうな酒が届いてね」

栄蔵がにんまりとした。

何度か夕食に招かれたので、栄蔵の日本酒好きはわかっている。

玲人も嫌いなほうではないが、栄蔵は呑むほどに腰が据わり、饒舌《じょうぜつ》になるので、おいしい酒でも次第に苦痛になってくる。

「さあ、遠慮なさらずに、今夜はできの悪い娘も一緒だが、酒の肴《さかな》にはなる」

「そんな言い方、明穂さんに失礼ですよ」

「かまうもんか。俺の娘だ。誰に文句を言われる筋合いもねえよ」

玲人は苦笑した。

苦笑はしたけれど、気分は幾らか軽くなってきた。

「それではお言葉にあまえて」

「そうともよ。遠慮なんて水臭い。裸の縁が始まりじゃねえか」

今夜の栄蔵は酒を呑む前から饒舌になっている。

隣人だが、栄蔵と親しくなってまだ一年である。

浴室の改修工事をしている間は銭湯にかよい、その銭湯で親しくなった。

それ以来、栄蔵に声をかけられ、昼間に将棋《しょうぎ》を指している。将棋は亡父の唯一とも言える趣味で、玲人は小学生のときに覚えさせられた。とにかく、玲人も栄蔵もひまな時間が多すぎる。

探偵稼業は開店休業に等しく、依頼が来ても仕事が長期に及ぶことはない。そもそも裏か表の仕事なのか自分でも判断がつかない、しかも、いつ連絡があるかわからない職務があるので、面倒で長い時間を要する依頼は受けられないのだ。

栄蔵のほうはもっとひまである。十代から左官屋になり、三十半ばに独立したあとはちいさな工務店にまで成功させ、いまは息子に代を譲《ゆず》っての楽隠居の身である。

藤本家の夕食はスキ焼だった。

七十歳になってもなお栄蔵は牛肉が好物だという。

居間の座卓にコンロを置き、四人で囲んだ。

床の間を背に栄蔵が胡坐《あぐら》をかき、玲人は正面に座った。明穂が庭を背にし、栄蔵の妻の富子は通路側に座してせっせと菜箸を動かしている。

鉄鍋の上でラードが音を立て、食欲をそそるにおいがひろがった。

富子が牛肉をならべ、すかさず少量の粗目《ざらめ》をおとし、醬油《しょうゆ》をたらした。

藤本家のスキ焼は割下を使わない。富子が浪花《なにわ》の生まれで、父親の仕事の都合で東京に移り住んでからも料理の味つけは変えなかったという。

こんなものをスキ焼とは認めねえ。

初めて粗目と醬油で食するスキ焼を見たとき、栄蔵はそう怒鳴ったそうである。

しかし、不満顔で肉を口に入れたとたん、頰が弛んだらしい。

「どうぞ」

富子の声に、玲人は牛肉を溶き玉子に潜《くぐ》らせた。

二度目となる藤本家のスキ焼も、やはり旨かった。

憂鬱《ゆううつ》な気分も忘れ、子どもの笑顔になった。

そうなると、ひたすら食べるのみである。

栄蔵も無言で食べた。

明穂は遠慮ぎみに箸を伸ばし、富子は焼くのに精一杯でひと切れも口にしなかった。

ほかの具材を入れ、鍋底に水分がひろがってから富子が自分の箸に持ち替えた。

栄蔵は箸を休め、手酌《てじゃく》酒を呑みだした。自分のペースで呑める手酌が好きなのだ。

玲人は、明穂に勧められ、盃《さかずき》を手にした。

「ところで、玲人さん」

栄蔵が座卓に左肘《ひじ》をついた。

玲人は盃を空け、栄蔵を見た。

「なんでしょう」

「あんた、幾つになる」

「四十二です」

「厄《やく》かい」

「ええ」

「そいつはいい」

「えっ。厄年のなにがいいのですか」

「結婚しなよ」

「はあ」

「厄に結婚しちまえば、その後の夫婦生活は安泰だぜ」

「そんな話は聞いたことがありません」

「年寄りが言うんだ。間違いねえよ」

「しかし、相手がいません」

「俺が世話してやる」

「…………」

玲人は瞳だけを動かし、左を見て、右も見た。

明穂がうつむいている。富子は笑顔で夫を見つめている。

玲人はドキドキし始めた。

頭の片隅に、昔日の明穂のまぶしい顔がうかんだ。

栄蔵と将棋を指すようになってひと月が経った日曜のことである。

天高く細長い筋雲が流れ、地上は穏やかな秋の陽射しにおおわれていた。

栄蔵の家を訪ねると、庭に明穂がいて、物干し竿に洗濯物を掛けていた。

パンパンと手のひらで布地を打つ音が耳に快かった。

玲人は出直そうかと思ったが、庭の端に立ち、明穂の仕種を見ていた。

二歳下の明穂は幼なじみで、中学までは一緒に遊んでいたけれど、高校からは顔を合わせる機会もなくなり、玲人が警視庁に入庁したあとは隣家に娘がいたことも忘れるほど疎遠になった。玲人が官舎に住んだせいもある。

色が白くて、顔がちいさい。

それが記憶に残る、子どものころの明穂の印象だった。

シャツやシーツを畳んでは手で打ち、それをひろげて干している。

洗濯物にまぎれてしまうほど、あいかわらず明穂の肌は白く、まぶしかった。

玲人の視線に気づいたのか、明穂がふりむき、目を細めた。

「おとなりの玲人さんですよね」

「えっ、ええ」

なぜか、玲人はとまどった。

きれいになりましたね。

素直にそう言いたかったけれど、声にならなかった。

お世辞も言えないのだから、本音を言えるわけがないのだ。

「地味な職人の娘なのに、銀座の蝶《ちょう》になりやがった」

栄蔵の声がした。

いつのまにか縁側に胡坐をかいていた。

玲人はそこへ近づき、腰をおろした。

「銀座の蝶だなんて……いまどき、誰も使いませんよ」

「男どもの甘い蜜《みつ》を吸って生きているんだから、蝶だろうよ」

乱暴なもの言いだが、娘を叱っているふうには感じなかった。

明穂は反論しないで、父親に背をむけ、黙って手を動かしている。

玲人はまたなにも言えなくなって、明穂の背を見つめた。

濃茶の髪は背のなかほどまで伸び、ポニーテールにしていても、風に弄《もてあそ》ばれ、毛先が陽光を浴びてキラキラと光った。


「どうだい。見合いをしねえか」

「えっ。見合いですか」

肺が一瞬にして萎んだように感じた。

ちらっと明穂を見た。

うつむく横顔に変化はないように思えた。

「見合いって……」

富子の表情が一変し、怪訝《けげん》そうなもの言いになった。

「どなたと」

「それよ」

栄蔵が目を見開いた。自慢の表情である。

「いい子を見つけたんだ。と言っても、行きずりじゃねえぞ。先だって、工藤さん家の改修工事をやっただろう」

「居酒屋チェーンの社長さんのご自宅ね」

「そうよ。そこの娘さんがたいした美人でよ」

栄蔵の鼻息が荒くなった。

「歳は明穂より二つ下の三十八だが、玲人さんにはそれくらいのほうがいいだろう。社長室長の仕事が忙しく結婚どころじゃなかったそうだが、俺が玲人さんのことを話すと、社長が興味を示してよ。娘さんも真面目な顔で聞いてくれてた」

「どうして、玲人さんの話をしたの」

「決まってるじゃねえか。いまどき、こんなおおらかな男はいねえよ。世のなか、世知辛《せちがら》くなって、男どもはちっちゃくなりやがって……そりゃ、玲人さんの稼業は褒められたもんじゃねえけど、男は仕事じゃねえ、ゼニじゃねえ。器よ」

「そんな話ではなくて、どうして玲人さんと、その娘さんを結びつけたのよ」

富子の声は怒っているふうに聞こえた。

「ばかな質問するんじゃねえ。玲人さんのためじゃねえか」

「その娘さんと一緒になれば、玲人さんが幸せになれるの」

「そうひらめいたんだ。娘さんの顔を見てな」

「あきれた」

富子が栄蔵を睨《にら》んだ。

「おめえは反対なのか」

「あんたは、昔から独りよがりだから」

「そりゃ、どういう意味だ」

栄蔵がむきになった。

「おとうさん」

明穂がたしなめるように言った。

「そういう話はひとりで進めないで、玲人さんの気持を確かめないと……」

「そうよ」

富子が合いの手を入れた。

栄蔵が腕を組み、玲人に視線を据える。

「あんた、結婚する気がねえのか」

「そんなことはありませんが……」

「それなら、見合いしてみたらどうだ。気に入らなきゃことわってもいいんだ」

「あたりまえでしょう」

富子が語気を強めた。

栄蔵が白毛まじりの眉をさげた。

「おめえ、どうしてそうむきになるんだ」

「むきになってなんかいません。あんたがあんまり鈍感だから……」

「ど、鈍感だと……聞き捨てならねえ。どう、鈍感なんだ」

「おとうさん。玲人さんの前で夫婦喧嘩はやめて」

酒を呑んでいないのに、明穂の顔が赤くなっている。

「わたし、はずかしい。帰ります」

「なんだ。ひさしぶりなんだから、泊まれよ」

「だめなの。あしたは朝から用事があるの」

明穂が立ちあがった。

「玲人さん、ごめんなさいね」

「いや。そこまで送りますよ」

「そこまでって、明穂は車で……」

「いいの」

明穂が栄蔵の声をさえぎった。

「玲人さん、送って」

ダークグレイのスポーツカーが玲人の傍らに停まった。

夜風が火照《ほて》った顔をなでた。

玲人は両腕をひろげて、乾いた風を吸い込んだ。

力強いエンジン音が耳に快い。

「すこしドライブしませんか」

「いいのかな」

玲人は家のほうに視線を投げた。

「そのほうが玲人さんも都合がいいでしょう」

玲人は笑顔を返し、助手席のドアを開けた。

乗るなり、車内を眺め、黒革のシートにふれた。

それだけでもワクワクした。

車が動きだすと、エンジンの音に魂を奪われそうになった。

学生のころの一時期、F1グランプリに嵌《はま》ったことがある。深夜放送のレース中継を見ていて母親に、うるさいと叱られたことがある。首都圏でモーターショーがあれば必ず足を運び、車専門の雑誌はつぶさに見ていた。

明穂がクスッと笑った。

玲人は、車に乗ってひと言も発していないことに気づいた。

「こわいんでしょう」

「えっ」

「わたし、運転がへただし、スピードをだせないから……運転が心配で、気を遣って話しかけないいんじゃないの」

「違うよ」

玲人はすこしむきになった。

「ポルシェ911ターボカブリオレ……あこがれの車なんだ」

明穂がちらっと視線をよこした。

「そう。よかった」

「でも、見かけによらないね」

「どういうこと」

「明穂さんはベンツとかBMWに乗ってると思っていた」

「玲人さんとおなじ……あこがれていたの」

夢は叶うものなんだ。

そんなふうに思った。

「玲人さんは、どうして警察官を辞めたの」

「うーん」

返答にこまった。

「いやなことを訊いたのならごめんね」

「あやまらなくていいさ。親父のあとを追うようにおふくろが死んで、親孝行らしいことをなにひとつしなかったことに気づいて、あの家を護ろうと思ったのがきっかけなんだけど、それが辞める理由だったのかどうか……いまはわからなくなってる」

「人生の節目の決断って、大変なんだ」

「そんなおおげさなことじゃないけど、かなり悩んだのは確かだな」

「悩むよね」

明穂が独り言のように言った。

この人にも悩みがあるんだ。

玲人は、明穂の横顔を見て、ふと、思った。

しばしの沈黙のあと、明穂が口をひらいた。

「玲人さんは、韓国料理はどう……辛いのは平気」

かるく語尾がはねた。

「好きと言うほどじゃないけど、食べるよ」

「こんど、つき合って。わたし、大好きなの」

「よろこんで」

玲人は即座に返した。

明穂が顔をむけて笑った。

「そろそろ引き返すね」

明穂がハンドルを左に切った。

十数分のドライブだった。

玲人の家の前で車を停めると、明穂が静かなまなざしで見つめた。

「こんなに長く話したの、子どものころ以来ね」

「うん」

「玲人さんに癒《いや》された。ありがとう」

「俺のほうこそ……たのしかった」

玲人は無難な言葉を選んだ。

なにか面倒でもかかえているのか。

そう訊きたかったが、癒されたという言葉が本音なら、無粋な質問になるだろう。

銀座が不況だとのうわさは耳にしている。リーマンショックで傷ついた日本経済は、再建のさなかにおきた大震災と原発事故で、いまも喘《あえ》ぎ続けている。

――銀座を見れば日本経済の状況がよくわかる――

かつて世話になった稲村議員はそう言っていた。

そのときは夜遊びの口実のように聞いていたのだが、震災のあと、たまにでかけるたびに、銀座に活気がないのを感じ、真実を衝《つ》いていると思うようになった。

「がんばりなよ」

車を降りて、ドアを閉める寸前、つい声になった。

返事はなかった。

だが、明穂がちいさくうなずいたのはわかった。

あこがれだった車が去って行く。

エンジン音が力強さを増したように感じた。

2

「あれは儀式だ」

内閣官房審議官の前田が言った。

公安総務課への指示を中止した理由を訊《たず》ねた返事である。

前田が長方形の窓に目をやり、コーヒーカップを手にした。

細面《ほそおもて》に縁なしメガネをかけ、七三に分けた髪は一本の毛も乱れていない。

隙のなさはいつもどおりだが、表情は見たこともないほど険しかった。

しかし、それは客室に入る前に想像していたことである。

千代田区永田町のホテルにいる。

周辺には日本の政治が岐路にさしかかるたびに密談の場所として使われたホテルが幾つかあって、いま居るザ・キャピトルホテル東急もそのひとつだった。東京ヒルトンホテルから名称を変え、建て直しも行なわれたけれど、戦後の日本政治史の裏側を知るホテルであることには変わりない。

玲人はひさしぶりに足を運んだ。

警備部警護課に勤務していたころは要人警護でしばしば訪れ、緊迫した政局のさいは夜を徹して任務を果たしたこともある。

そういう思い出があるから、電話での前田の指示を聞いたときは緊張した。これまでは内閣官房かレストラン、ホテルの喫茶室に呼びだされていた。

緊張と同時に、きな臭いにおいを感じとった。

人目につかない場所で面談する理由を多くは思いつかないからだ。

前田がカップを置き、口をひらいた。

「ありていに言えば、公安総務課に下調べをさせた」

玲人は、背筋を伸ばしたまま前田を見据えた。

めったに着なくなったスーツに身を包んでいると無意識に姿勢がよくなる。

「情報の漏洩疑惑は作り話ですか」

「どうしてそう思う」

「疑惑の段階で八名に絞られたのは不自然です。医療分野の規制緩和を検討したのであれば、実務を担当した厚労省の役人をふくめ、素案作りにかかわった者を捜査の対象に指示されるはずです。作り話でなければ、公安総務課へ指示する前にＣＩＲＯを動かし、捜査対象者を政治家の八名に絞らせたのですか」

ＣＩＲＯとは内閣情報調査室の英訳、Cabinet Intelligence Research Officeの略称である。

外交や防衛、治安や経済など、国の政策決定に必要な情報を収集・分析する機関として設立され、専門分野の情報を持ち寄るために、警察庁や防衛省を中心に、複数の省庁から官僚が出向している。彼ら上級管理職のほかに、国家公務員試験Ⅱ種合格で採用された職員がいるが、一般職員が管理職に就くのは稀《まれ》で、霞が関の寄せ集め集団ともいえる。常時百数十名で構成されるＣＩＲＯが独自に情報収集活動を行なうことはなく、マスコミ紙誌の記事や、情報屋と称される者たちがもたらす情報の精査が主たる任務である。

「この件にＣＩＲＯはいっさいかかわっていない」

前田の口調が強くなった。

「官房の身内をも蚊帳《かや》の外におくほど機密性の高い事案なのですか」

「身内など……」

前田が顔をしかめた。

「いまの政権に信頼できる身内はいない」

玲人は胸中でうなずいた。

総理大臣が近いうちに解散すると公言して二か月半が過ぎた。政権党の新政党では離党者が相次ぎ、新党結成の動きが加速し、永田町は政治の場ではなくなっている。

そうした閣内外の動きを察知し、情報を分析するのもCIRO国内部と公安総務課の役目なのだが、そこに集まる情報が外部に洩れているのだろう。

もっともそれはいまに始まったことではなく、それゆえに、官房長官に就いた稲村は、自分に忠実で、信頼がおけるという理由で玲人を直属の部下にしたかった。

玲人が応諾したのはその話を聞いたからである。

前田が言葉をたした。

「閣内、党内がそうなのだから、霞が関の官僚らは言わずもがなだ。総理の発言以来、CIRO幹部の多くは出向元の省庁と緊密に連絡をとって、独自の世論調査を行ない、各政党の票読みをしている。それが政権堅持の目的ではなく、省庁として総選挙後にどの政党に擦《す》り寄るかの判断材料にしているのはあきらかだ」

「さみしいですね」

「権力のそばで生きる者の性《さが》だよ。日本は政治家が官僚を使いこなせなくて、官僚が自分らに都合のいいように政治家をあしらっている」

玲人は感情も意見も口にしなかった。

とうの昔に永田町の住人を見切っている。万民と同様に、震災の復興を願い、経済の再生を望み、国家の安定を求めてはいるけれど、政治家への期待は捨てた。

「政治家の八名を内偵捜査の的にしたほんとうの理由を教えてください」

「連中は離党予備軍だ。予備軍はほかにもいるが、あの連中は……許せん。閣内にいる者が離反すれば党への示しがつかないばかりか、他党に攻撃材料を与えることになる」

「だから、八名の身辺調査を行ない、翻意させる疵《きず》をさがそうとした」

「それがすべてではないが、否定はしない」

「情報漏洩疑惑との接点はどうなのですか」

「うん」

前田がうなずいた。

「厚労省の副大臣、高原勝久《たかはらかつひさ》の疑いが濃厚だ」

「その言われ方……公安総務課に指示する前から疑念を抱かれていたようですね」

「さすがだな」

前田が口元を弛めた。

「自分の任務は情報漏洩疑惑の確証をつかむことですか」

「そうだ」

つかんでどうされるのですか。

その質問は胸に留めた。

高原を国家公務員法の守秘義務違反で刑事告発するとは到底思えなかった。そんなことをすれば身内の恥をさらすことになり、マスコミや世論は内閣と新政党への批判を強め、他党をよろこばせることになる。

離党を翻意させるか、他党に乗り換えたさいの攻撃材料にするのだろう。姑息《こそく》なのはどっちもどっちだが、指令には従う。

「解散が近いのですか」

「そう思ってかまわん」

「期間を言ってください」

「二週間……十一月十日ごろまでに調べあげてくれ」

「高原議員の疑いが濃厚と言われる理由も教えていただけますか」

「いいだろう」

間を空けるように、前田がコーヒーを飲んだ。

「公安部の捜査報告書にあるとおり、高原は株を運用している。本人名義はめだつほどではないが、親族名義での株の売買は盛んで、わたしが個人的につかんだ情報では、医療機器メーカーの株の売買で千万単位の利益を得たようだ」

「インサイダー疑惑ですか」

「その可能性が高い」

前田が傍らの封筒を手にした。

「これは高原の親族および友人のリストだ。公安総務課が捜査の対象にしなかった者もふくまれている」

「これを誰に調査させたのですか」

「わたしが信頼する者だよ」

玲人は思わず苦笑した。訊ねなくても頭にうかんで当然の人物がいる。

前田の姪《めい》の、松尾莉子《まつおりこ》である。

莉子は自らの意志で国家試験を受け、CIROに入庁した。保育士からの転身で、現在は国内部に在籍し、将来の夢は国会議員になることだと聞いた。

玲人はこれまで二度、任務を手伝ってもらった。

これまでの話から、CIROの仕事と切り離していたのは容易に推察できる。

「莉子はきょうから君の部下になる。緊急の特別任務に就かせるという理由で、CIRO幹部の了承は得た」

「わかりました。公安総務課の竹内も動かせるのですね」

官邸が吸いあげる永田町界隈の情報はＣＩＲＯ国内部と公安総務課からのものが大半で、小太郎は彼の上官の、莉子は前田の一存で玲人の手伝いをすることになった。

「もちろん。三人で二週間……いい報告を期待する」

「努力します」

「念を押すまでもないだろうが、今回の件では古巣を頼るな。君のかつての同僚も使ってはいけない」

玲人は思わず目をつむった。

高原の身辺警護をしているのは誰だろう。

そんなことが頭にうかんでいたからだ。

「そこまで慎重になられているのに、どうして公安総務課を……」

はっとして、声を切った。

「儀式とは、インサイダー疑惑が外部に洩れたときのための口実という意味ですね」

「そのとおり」

前田が満足そうな顔をした。

玲人は肩の力をぬき、めだたぬように息をついた。

「よし。仕事の話はここまでだ。下に降りて食事にするか」

「せっかく慎重に行動されているのです。控えましょう」

「仕方ない。部屋で食べよう」

玲人は時計を見た。あと三十分で正午になる。

「ランチのルームサービスがあるのですか」

「カレーくらいなら受けてくれるさ」

前田がくだけた口調で言い、固定電話の受話器を握った。

注文をおえると上着を脱ぎ、ネクタイを緩めた。

「ところで、君は現状に満足しているのか」

「どういう意味でしょう」

「いまの職業に不安はないのか」

「ないと言えばうそになりますが、深く考えたことはありません」

「家庭を持つ気はないのか」

「…………」

首が傾きかけた。

「独身主義者なのか」

「主義なんて……縁がないのもありますが、気楽なのは確かです」

「うーん」

前田が低く唸《うな》った。

玲人はすこし前かがみになった。

「なにか……」

「どうだ。定職に就かないか。民間の大手企業とはいかんが、警察庁の外郭団体ならわたしにでもなんとかできる」

「勘弁してください」

前田が口をまるめ、息を飛ばした。

「諦めさせるしかないようだな」

「誰に、なにを諦めさせるのですか」

「莉子だよ」

「はあ」

「君は鈍いね。仕事はカミソリのように切れるのに」

「そんなことはありません」

「もういい。いまの話は忘れなさい。君が変に意識して仕事にさしさわるといけない」

玲人は眉をひそめた。

それならそんな話をしなければいいのにと思ったが、もちろん言えなかった。

あの格好でよくＣＩＲＯの女が務まるものだ。

玲人は胸中でつぶやいた。

莉子は白のチノパンとスニーカー、黄のパーカーという身なりで待っていた。めだつと思うのは年代の差なのかもしれないが、やはりシティホテルのロビーではあかるい色に目が行ってしまう。

とはいえ、その格好が様になっていて、三十二歳なのに大学生にも見える。視線が合ったとたん、莉子が白い歯を見せ、胸の前で手のひらをふった。

他人が見ればデートの待ち合わせと思うだろう。

きのうの前田の言葉がうかび、玲人は肩をすぼめた。

「高原はどこにいる」

玲人は莉子の耳元で訊いた。

「二階のバーです」

千代田区内幸町にある帝国ホテル中二階のオールドインペリアルバーは正午前から営業

し、軽食もとれるので、昼間でも商談などに利用する客が多くいる。

午前中は自宅での資料調べで時間を潰し、兜町《かぶとちょう》の知人と会うために車を走らせている
さなかに、莉子から電話があり、帝国ホテルへむかったのだった。

「二人だと言ったな。相手は誰だ」

「初老の男性ですが、素性はわかりません。それと、ひとり増えました」

ひとり増えたと言うとき、莉子の瞳が光った。

「そっちは何者かわかっているようだな」

「民和党の稲村議員です」

「えっ」

声が洩れた。

「そんなにおどろかれなくても……」

「意外な組み合わせだからな」

玲人は冷静を装った。

稲村との縁を莉子に話した記憶はない。前田も話していないだろう。

「覗きますか」

莉子が腕時計を見て、言葉をたした。

「高原副大臣が入られて四十分……稲村議員がおみえになって十五分になります。壁際のテーブル席におられ、近くの席は空いていませんが……」

「任務中は監視者の肩書きを口にするな。敬語も必要ない」

「失礼しました」

「それも堅苦しい。俺は役人でも上官でもないんだ」

「はい。気をつけます」

「おまえは店内に入って、様子をケータイのメールで知らせろ」

「玲人さんは」

「あそこにいる」

ロビーと喫茶室を隔てるソファを指さした。

「議員二人には顔を覚えられている可能性があるからな」

「三人が店をでるときは……」

「先に動いて電話しろ。それと、おまえは素性のわからぬ男を追尾しろ」

莉子が踵《きびす》を返して、遠ざかる。

パーカーのフードの上で、ポニーテールが元気に跳ねていた。

莉子は間断なくメールをよこした。
――三人とも笑顔です――
――素性のわからぬ男がケータイのメールを確認しているようです――
受信が十件を超えてほどなく電話がふるえた。
ソファにいるあいだ、稲村のことばかり気にしていた。
偶然を装ってぶつかれ。
頭のどこかが何度もささやいた。
別の自分はときどき、無鉄砲なことをけしかける。
それに逆らわずに乗るのは玲人の常である。
中二階への階段がある通路へ急いだ。
――階段を降ります――
莉子の報告は返事をしないで切った。
五メートル先に三人の男を見た。
見知らぬ男がひとりで脇の出口へむかう。
莉子があとを追う。
稲村と高原が玲人のほうへ歩いてきた。

「おひさしぶりです」

「おお、君か」


執務に戻るという高原と別れた稲村に誘われ、タワー館地下一階の鮨《すし》屋に入った。

午後二時を過ぎ、店内はがらんとしていた。

「どうも、サンドイッチとか苦手でね」

カウンターに片肘を立てた。

「お元気そうでなによりです」

お世辞ではなく、官房長官を務めていたころより若返って見える。六十一歳になったはずだが、還暦前に戻ったように血色がいい。

「うん。最後のご奉公の時が来そうだからな」

「総選挙ですか」

「民和党が復権するまでは辞められん……いや、死に切れん」

「それが元気の源ですか」

「まあな」

稲村が手を伸ばし、鮪《まぐろ》の赤身とヤリ烏賊《いか》の握りをつまんだ。

この店には何度か連れてこられた。稲村は常連客で、黙っていてもでてくる。白身の鮨ネタは季節によって異なるけれど、いつも紅白から始まる。

「偶然か」

稲村が覗くようにして玲人を見た。

「はい。むこうの喫茶室で仕事の打ち合わせをしていました」

「どっちの」

「えっ」

「君は、まだ官房の仕事をしているのだろう」

「きょうは探偵稼業のほうです。官房のほうは滅多に指令がなく、税金の無駄遣いをしているようで気が引けます」

「そんなことは気にしなくてよろしい。件数はすくないかもしれないが、わたしのときも君は期待以上の成果をあげてくれた」

「お言葉、感謝します」

稲村が四種類の鮨を食べ、また顔をむけた。

「いまの上官は誰だ」

「前田審議官です」

「そうか。あの男は切れる。一本、ピンと筋がとおっている」

「ご縁がおありですか」

「顔を合わせれば挨拶を交わす程度だが、彼の堅実な仕事ぶりは耳にしている。個人的な意見だが、政権が替わっても官房に残ってもらいたい人材だな」

　玲人は返事を控え、鮨を食べた。

　稲村は温厚そうな顔つきとは裏腹に、政界では策士と呼ばれている。他党との人脈も多岐にわたり、政局になれば彼にへばりつく新聞記者が多いと聞いている。

　その稲村が、懐かしさだけで食事に誘ったとは思えなかった。

　稲村への恩義は色褪《いろあ》せていないけれど、内閣官房は自分の雇い主であり、公私においてなにかと世話になっている前田への筋目もある。

「前田は、君をあまり評価していないのかな」

　稲村が自問するような口調で言った。

「どうして、そう思われるのです」

「いまは政局の渦中《かちゅう》だ。それも、新政党にとっての正念場……つぎの総選挙でわが党が単独過半数を勝ちとれば、新政党に再起の道は閉ざされるだろう」

「そうでしょうか」

「現時点でも五分の一ほどの離党者がでている。一度でも永田町の権力の味をしめた者はそれが忘れられない。だから、民和党は復権の名分の下で結束し、頑張った。つぎの次の総選挙で新政党が復活できる可能性はゼロではないが、あの政党は党を束ねきれるだけの真の実力者がいない。寄り合い所帯の、最大の欠点だな」

「そのことと自分への評価がどう結びつくのですか」

「前田の胸のうちは知る術《すべ》もないが、職務に忠実なのはわかっている。内閣も官邸もわが身かわいさで右往左往しているとしても、彼は精一杯、官邸のために汗をかいているだろう。それなのに、君をこき使わないのは……まあ、そんなことはないと思うが」

稲村がニッと笑い、茶を口にした。

「自分は、審議官から指令を受けていないとは言っておりません」

玲人は稲村を見つめて言った。

むきになったわけではなかった。

稲村と前田の両方への恩義を言葉にしたかっただけである。

「そうだろうとも」

稲村が満足そうにうなずいた。

すでに官軍の将の雰囲気がある。

「かわいい子だね」

「はあ」

唐突なひと言に目がまるくなった。

「わたしが階段を降りたとき、あの子はちらっと君を見てうなずいた」

「さあ。自分はどんな子か記憶にありませんが」

玲人は、動揺を必死で堪えた。

「そうか」

稲村が視線を逸らし、時刻を確認した。

「わたしの気のせいだったか」

「そうです」

「歳のせいか、目に見えるもののすべてが気になってきた。まあ、決戦を間近にして神経が張り詰めているのかもしれんが」

「あまりごむりはなさらないでください」

「むりをしなきゃね、最後のご奉公はできんのだよ」

稲村が腰をあげた。

外にでると、二名の屈強な男たちが稲村に寄り添った。

警備部警護課の者だろうが、顔に見覚えはなかった。

要人の身辺警護を担当するＳＰの多くは体力的な面で三十代の警察官が務めるので、在籍期間は他部署と比べて短くなる。

稲村を乗せた車を見送っているとき、脇腹を冷や汗が走った。


夜八時を過ぎて、小太郎が自宅を訪ねてきた。

予定の行動である。

時刻はまちまちだが、内閣官房の任務を遂行中は玲人の自宅が会議室になる。

毎度のことだが、小太郎は来るとすぐに食べ物をテーブルにならべる。

「デパ地下で閉店前の安売りをしていました」

種類の異なる弁当が四つもある。

「こんなに食べるのか」

「二つ……あとは玲人さんと莉子さんの分です」

「俺は済ませた。残ったら持って帰れ」

小太郎を奥の部屋にむかわせ、玲人はお茶を淹《い》れてから入った。

もう小太郎は箸を手にしていた。

　玲人は、食事がおわるのを黙って待った。あせることはない。電話とメールできょうの行動の途中報告は受けている。

　小太郎があっという間に二個の弁当をたいらげ、顔をあげた。

「高原夫人といた女の素性が判明しました。加藤春香《かとうはるか》、三十五歳の独身で、外資系のリッチ証券で金融市場の営業を担当しています。でも、おどろきました」

「なにが」

「彼女が住む築地《つきじ》のマンションの家賃は四十八万だそうです。日本は不況の底がぬけかけているというのに……あるところにはあるんですね」

「外資系企業は実績主義……有能な証《あかし》だろう」

「自分も有能なつもりですが」

「不満ならトラバーユしろ」

　玲人はそっけなく言って、話を戻した。

「つまり、高原の女房はその女の顧客というわけか」

「確証はつかめていませんが、喫茶店で二人は株の話ばかりしていました」

　高原の妻の依子《よりこ》は正午過ぎに赤坂の議員宿舎をでて銀座の美容院へむかい、午後三時には銀座七丁目の喫茶店で女と会ったという。

玲人は、喫茶店をでたあとは女を追尾するよう指示していた。

「高原の妻が官邸の情報を流したのでしょうか」

「どうかな」

「妻が夫の話を聞いて、あるいは夫の指示で、医療機器の株の売り買いをしたとも考えられますね。妻がその理由を教えなくても、営業員がなにかあると読んで、自分の顧客や仲間に話した。それで、医療機器の株価がおおきく変動したとも考えられます」

「推測は勝手だが、それを基に行動するな」

玲人が語気を強めても、小太郎の目はぶれなかった。

「あしたから加藤春香の身辺を調べます」

「やめておけ」

「なぜですか」

小太郎が不満そうな顔を突きだした。

「警察官のおまえが聴き込みをすれば、春香の周囲の者がなにかあると勘ぐる。それを耳にした春香が高原の女房に話す恐れもある」

「しかし……」

「春香は俺がやる。金融筋にも多少の人脈があるからな。おまえは、引き続いて高原の女房を監視し、身辺を調査しろ」

「わかりました」

小太郎の表情が元に戻った。

くどくど話すのが苦手な玲人には、切り替えの早い小太郎は御し易《やす》くて助かる。

高原の親族で株の売買をする者は五名いる。すべて妻の依子の縁故者なので、彼女がその中心にいるのは間違いないだろう。

しかし、政治銘柄といわれる株や、政策に影響を受ける株の売買は大半がインサイダー取引の範疇《はんちゅう》に入り、連中にはリスクがおおきすぎる。そもそも政治家は株の売買に規制があり、親族もその対象になっている。

だから、不心得な政治家たちは裏で投資組織と連携している。

小太郎の推測が的を射ていようとも、一般の個人投資家たちが一斉に医療機器メーカーの株を売買しようとも周囲が疑念を抱くほどの株価変動はむりである。

株価急落に投資組織が絡んでいるのは明々白々で、高原本人をふくむ、身内の誰かが投資組織と連携したと読むのが本筋だろう。

だが、そのことを小太郎に話せば、それもまた予断ありの調査になる。

玲人は、頭にひろがりかけた雑念を払おうと、冷蔵庫から缶ビールをとりだした。

プルタブに指をかけたとき、訪問を告げるチャイムが鳴った。

「門も玄関も開いている。奥の部屋に来なさい」

玲人は、インターホンで指示した。

ほどなく莉子が両腕を抱くようにして入ってきた。

「そとは寒いですよ。あれ、エアコンがついてない」

「いまごろから暖房をほしがって……冬はどうするのですか」

小太郎が呆《あき》れ顔で言った。

「だって、この格好なんだもん」

莉子がパーカーのファスナーをおろした。

なかは白のTシャツ一枚である。

「すごいっ」

小太郎が声を張った。

「なにがすごいのよ」

莉子が眦《まなじり》をつりあげた。

小太郎がおどろくのもむりはなかった。

莉子は細身なのに胸がおおきい。いわゆる巨乳なのだ。

小太郎と莉子はこれまで二回、玲人の仕事を手伝っているが、こうして三人が顔を合わせる機会はほとんどなかったと記憶している。

莉子が小太郎のとなりに腰をおろした。

「莉子さんの分も用意したので食べてください」

小太郎が弁当を指さし、機嫌をとるように言った。

「ありがとう。おなかは空いているけど、仕事が先だから持って帰るね」

莉子がやさしく言い、視線を玲人にむけた。

切れ長の目の真ん中が輝いている。

「あたりがありました」

「バーにいたもうひとりの男か」

「はい。投資家の山井《やまい》達郎《たつろう》でした」

「へえっ」

小太郎が頓狂な声を発した。

それもむりはない。

一九七〇年代に派手な仕手戦《してせん》を演じて名を売った山井は、バブルが崩壊したあと所得税法違反で東京地検特捜部に逮捕され、証券取引法違反の容疑でも執拗《しつよう》な訊問を浴びたが、顧客の名前や仕手戦に投じた金額などは一切あかさず、起訴に至った所得税法違反でも証拠不十分で無罪となった。その後体調を崩し、金融業界の表舞台から去ったといわれているが、真偽のほどは定かではない。

「まだ生きていたんだ」

「プロの投資家は他人のおカネを利用して儲《もう》けようとしているのよ。そんなゴキブリみたいな連中が簡単にくたばるわけがないでしょう」

莉子が不快感を露《あらわ》にした。

玲人は、初めて聞く莉子の乱暴なもの言いにおどろいた。

そのあと、莉子が政治家志望なのを思いだし、すこし心配になった。

政治家は鉄兜を被ったゴキブリで、私利と保身のためなら何でもやるよ。

そう言ってやりたくなった。

「楽勝かな」

小太郎が笑顔を見せた。

「高原はやり手の投資家、妻は凄腕の証券ウーマン……思いのほか早く、情報漏洩疑惑の真相をつかめそうですね」

「凄腕の証券ウーマンて誰なのよ」

小太郎がきょうの成果を披瀝《ひれき》しだした。

莉子が質問をはさむので話が長くなった。

玲人は、二人のやりとりを無言で聞いていた。

小太郎は顔を紅潮させ、まくし立てるように喋《しゃべ》り、他方、莉子は思案の間をとりつつ、冷静なもの言いに終始していた。

玲人は、他人の性癖を観察し、気質を推察するくせがある。

ある出来事がきっかけで身についた習癖だが、他人を観察し、胸中を推察することで他人との距離が変わるわけでも、変えようと意識が働くわけでもない。

安心の担保とでもいえばいいのか。

推察が的中していようと、はずれていようと、とにかく、安心できるのである。

高原が政府の政策協議の内容を漏洩し、医療機器メーカーの株価の急落にかかわったとすれば、夫妻のきょうの行動は大胆すぎる。

大胆というより、愚行である。

海千山千の国会議員がそんな軽率な行動をとるとは思えなかった。

しかも、高原と山井の会談には、永田町の策士といわれる稲村が同席した。

そのうえ、解散・総選挙を目前にした政局の真っ只中である。

玲人は、慎重に頭を働かせながらも、興味ありそうな表情で話を聞いた。

小太郎が話しおえると莉子が玲人を見た。

「どう思われますか」

「なにを」

「高原がクロ……情報を流したのでしょうか」

「なんとも言えんな」

玲人は胸中を隠し、無難に応えた。

3

路上を歩く人の数がめっきり減ったように思う。

ちらほら見える人たちの足どりは重そうで、彼らに笑顔はなかった。

株屋の街といわれる兜町は元気がなく、都心の過疎地《かそち》のようだった。

「一年ぶりになりますか」

声がして、玲人は窓から視線をずらした。

中央区日本橋兜町にある十坪ほどの喫茶店の壁は薄汚れ、空気は白く濁《にご》っている。五人が座れるカウンターと八つのテーブル席の七割は客で埋まっており、男も女も、客の皆が煙草《たばこ》を喫《す》っている。

禁煙して二年になるが、他人がそばで喫煙しても気にならない。ある日、寝起きの一服が吐き気をもよおすほどまずく、それが原因で煙草をやめた。正確には中断したわけで、そのうち喫いだすだろうとも思っている。

「去年の夏以来です」

「あのときはもっとひどかった」

正面に座った吉永学《よしながまなぶ》が記憶をたぐるようなまなざしを窓にむけた。

「震災と原発事故のダメージを受けたうえに、計画停電で……マーケティングリサーチの更新資料を見るたびにため息がこぼれ、眼の前が暗くなり……兜町の灯はこのまま消えるのではないかと、本気で心配しました」

吉永は玲人よりひと回り年配だが、いつも丁寧な言葉で対応する。

とはいっても七年の縁で面談を求めるのは年に一、二回であった。

勤務先の栄和《えいわ》証券では長く営業を務めたあと、五年前から金融市場本部のマーケティング部へ異動し、現在も市場動向の精査と分析を行なっているという。

「回復の兆《きざ》しは見えませんか」

「経済界は民和党の復権に……民和党が声を張りあげている政策に期待しているようですが、金融業界は……」

吉永が眉をひそめた。

「企業が元気になり、経済が動けば、市場が活気づくというけれど、そう簡単には……アメリカは経済の崖《がけ》っぷちで、ユーロ圏は財政崩壊の危機を脱してはいないし、世界が良くも悪くも関心を持つ中国はバブル崩壊の兆しが見えています。民和党が公約どおり、公共事業へのバラマキ投資をやれば、たしかに企業の経営は好転するでしょうが、それが雇用や賃金のアップに直結するとは思えません」

「世界の状況を見極めながら慎重に対応するわけですか」

「それ以前に、日本の企業は、リーマンショック以降の減益分を補塡し、健全な経営基盤の構築に全力を注ぐはずです。雇用や賃金はそのあとのことで、それも、よほどの経済好転が見込めないかぎり企業は保身に走るというのが、金融筋の大方の見方です」

「その話を経済や金融にうとい人たちに話してもおどろかないでしょう」

「諦めですか……そうですね。震災以降、国民は多くの不安をかかえすぎました」

「暗い話はそのくらいにしましょう」

玲人はやたら苦いコーヒーを飲んでから言葉をたした。

「お時間は大丈夫ですか」

「ええ。取引はひけたので、あと一時間ほど余裕があります」

「ありがとうございます」

「きょうはお仕事ですか」

吉永の顔が引き締まった。

吉永は玲人が内閣官房の一員なのを知っている。

七年前、調査官になりたての玲人は、CIRO国内部の調査官と共に、某政治家と財務省の官僚、大手証券会社の贈収賄疑惑に関する極秘調査を命じられた。そのとき、CIRO調査官が金融業界に無知な玲人を吉永に引き合わせたのが縁の始まりである。

当時の吉永は官房報償費を受けとる側で、つまり、情報屋のひとりだった。

いまもCIROとの縁が続いているのかどうか、玲人は知らないし、知る必要もないので訊くこともなかった。

「ひと月ほど前に大手医療機器メーカー二社の株価が急落したのはご存知ですか」

「もちろんです。あれは兜町でもちょっとしたうわさになりました」

「ほう。どんなうわさでしたか」

「インサイダー取引ですよ。永田町か霞が関の情報が洩れたのか、政治家か役人が明確な意図を持って、株価に影響を与えるような行動をとったのか……わが社もある部署が調査を行なったようですが、真相はわからずじまいで、その後、二社の株がおおきく変動することもなかったので、うわさは自然消滅しました」

「あなたは、どう推察されたのですか」

「皆とおなじです。あれほどの下落は投資家筋が動いたとしか考えられない。動いた背景には政府の政策に関する情報の漏洩がある……まあ、そんなところです」

「ほかには」

　吉永が眉根を寄せた。

「どういう意味でしょう」

「投資グループの正体はつかまなかったのですか」

　吉永が表情を戻し、目元に笑みをうかべた。

「そこまでは……二社の株価が下落したとはいえ、同業他社に影響はなかった。だから、あのあと、デマ情報が流れたのではと言う連中もいました」

「真偽はともかく、情報の中身は推察されたのでしょう」

「ええ。医療分野の規制緩和はここ数年、ずっと注目されています。医療機器の分野でも新薬開発の分野でも、日本は他国に遅れをとっていますからね。それなのに、外国製品の許認可は遅く、値段は高く、数的にも需要をまかない切れていない。アメリカやアジア諸国が自由貿易を推進しようとしているいま、日本が置き去りにされないために、医療関係者や病魔に苦しむ人たちの要望に応えるという名分をもって、大幅な規制緩和を行なおうとしているのはこの街の誰もが知っていることです」

「それなのに、二社の下落のほかは金融市場が反応しなかったのはなぜです」

「政治が決められないからですよ。それも皆が知っている。だから、二社の下落に市場は反応しなかった」

玲人は無表情をとおした。

任務に己の感情をはさまないと決めているし、得た情報や知識はその場で選別も取捨もしないよう心がけている。

「ところで、リッチ証券にお知り合いの方はおられますか」

「何人か……ここはちっぽけな村ですからね。どなたか……」

吉永が声量をおとし、店内をさぐるような目つきをした。

玲人は顔を近づけた。

「金融市場営業部の加藤春香をご存知ですか」

「知っています。直接の面識はありませんが、彼女は、精鋭部署の男どもを相手に、営業実績で常に三位に入っていると……彼女を調べて……」

吉永が声を切り、目を見開いた。

「彼女が二社の株価の下落にかかわっているのですか」

「わかりません」

玲人はそっけなく返した。

それでも吉永の目には興味の気配がまじった。

「なにか、気になることでも……」

玲人は誘い水をむけた。

ＣＩＲＯと情報屋の関係は基本的に対等である。公安刑事が相手の疵を見つけ、あるいは意図して疵を作り、情報屋に仕立てることがあるけれど、ＣＩＲＯと情報屋は情報の売買でのみ結びついている。ＣＩＲＯと裏契約を結ぶジャーナリストのなかには官邸に具申や進言をする者もいると聞くが、彼らは憂国の士かおせっかい焼きか、あるいは、己の存在価値を高めたい連中なのだろうと思っている。

玲人は、吉永に対して、ＣＩＲＯと情報屋の関係を引き継いでいる。ＣＩＲＯ以上に一線を画しているつもりで、個人的に親しくすることはなかった。

そのことは吉永もわかっているだろう。

「彼女は永田町の先生方を顧客にしていると聞いたことがあります」

「先生方の名前は……」

吉永がゆっくり首をふった。

玲人は食いさがる。

「調べることは可能ですか。メインに据えている先生だけでもかまいません」

「むずかしい要望ですね」

「うわさの類《たぐい》でも結構です」

吉永が視線を逸らし、店内に顔をむけた。

客のなかにリッチ証券の社員がいるのか。

そんなふうに感じる仕種だった。

吉永が顔のむきを戻した。

「やってみますが、期待はしないでください」

「わかりました」

無理強いはできない。

――この件にＣＩＲＯはいっさいかかわっていない――

――総理の発言以来、ＣＩＲＯ上級者の多くは出向元の省庁と緊密に連絡をとって、独自の世論調査を行ない、各政党の票読みをしている。それが政権堅持の目的ではなく、省庁として総選挙後にどの政党に擦り寄るかの判断材料にしているのはあきらかだ――

前田審議官の言葉がひっかかって、吉永との面談をためらった。

しかし餅《もち》は餅屋で、まして機密保持が第一義の村社会のことは、そこに生きる者に聞くのが一番である。

玲人は、己の観察力と推察力を信じた。

これまで吉永は自分との面談で一度もＣＩＲＯの名を口にしなかった。その一点で、情報屋としての立ち位置を護っていると判断したのだった。

それでも一抹の不安はある。無理強いは吉永の立ち位置をずらす恐れがある。

玲人は、さめたコーヒーを飲み、ひと間を空けた。

「もうひとつ、お訊ねしたいことがあります」

「なんでしょう」

「投資家の山井達郎は現役ですか」

「ええ。彼が設立した投資顧問会社はすでに存在しませんが、彼の右腕といわれた男が山《やま》信《しん》という金融コンサルティング会社を設立しています。その社名からもわかるとおり、彼が強い影響力を持っているのは間違いありません」

吉永はすらすらと話した。

兜町の人たちが山井を過去の人とは捉えていない証だろう。

「ありがとうございました」

「えっ」

吉永が声を発した。

山井の詳細を訊かれると思っていたようだ。

「現役なのかどうかを知りたかっただけです」

「そうか。彼に関する情報は氾濫《はんらん》していますものね」

玲人は目で笑って、ポケットの封筒をテーブルに滑らせた。

十万円が入っている。

CIROは情報屋の銀行口座に振り込むが、玲人はそのつど現金を渡している。

吉永がすっと手を伸ばし、さりげなく懐《ふところ》に収めた。


銀座四丁目の路地裏のちいさなビルの地下に、鮨屋・一新《いっしん》はある。

民和党の稲村に連れて行かれ、玲人はその店の味の虜になった。

以来、ひと月に一度の贅沢《ぜいたく》をしている。

もっとも、銀座に支店がなければそうすることもなかった。

稲村が通っているのは浅草にある本店で、そこは遠いし、稲村と鉢合わせたら神経を遣うので贅沢気分が失せてしまう。

麻布の暖簾《のれん》を分け、格子戸を引くと、つい表情が弛む。

四角の店内は鉤形に付台《つけだい》が造られ、それぞれに三人と四人が座れば満席になる。鮨ネタやシャリはもちろん、つまみの類も本店から運んでくるので、七人分しか用意がなく、一席には一日ひとりが座ることになる。

先客はいなかった。電話で、店をまかされている板前と話したとき、いまのところほかにご予約はいただいておりません、と言われた。

店には申し訳ないけれど、玲人には都合がよかった。

「粋《いき》な店だな」

背後で声がした。

東洋《とうよう》新聞社の荒井康太《あらいこうた》の声は太くて、おおきい。内緒話ができるとは思えず、それでよく政治家の番記者が務まるものだとからかったことがある。本人によれば、声がおおきいのは会見場で質問するからだそうで、夜のお供のときはそれなりの声で話すらしい。

ほかに客がいれば、それなりのほうを要望するつもりだった。

三人掛けのほうに座った。

ひとりのときも好む席で、傍らに活けられた花もたのしみのひとつである。

今宵は深紅の花が迎えてくれた。

小粒の鶏頭《けいとう》は妖艶な姿のなかに品の良さがひそんでいる。

鶏頭を護るように、黄土色の稲穂が垂れている。

意外な組み合わせのような気がしたが、鮨屋なのを思いだして合点がいき、萩《はぎ》や芒《すすき》よりも調和がとれているように思えてきた。

ひとりで切り盛りする板前が荒井に声をかけた。

「お飲み物は」

「男山《おとこやま》を人肌で」

「はい」

短いやりとりでほっとした。

荒井は和の料理店に行くと必ず、季節に関係なく男山の燗を注文する。予約したとき、男山はあるか、訊けばよかったと気にしていたのだった。

荒井が片肘をつき、顔をむけた。

「常連か」

「そんな身分じゃないが、たまに寄らせてもらっている」

「隠れ家ってわけだな」

荒井はあけすけなもの言いをする。

同い歳のせいか、荒井の気質のせいか、知り合ったときからそうだった。

玲人が官房の仕事で接する者たちのなかで唯一、友人に近い男である。

荒井は稲村が官房長官を務めたときの総理大臣の番記者で、総理が官邸で執務を行なうときはいつも官邸内をうろついていた。そのとき、レストルームでとなり合わせたのがきっかけで親しくなり、たまに夜の街へ遊びに行くようになった。

玲人は、徳利を荒井の盃に傾け、自分も受けた。

この店では酒を呑まないことにしているが、それでは礼を失する。料理をたのしみたいときは酒を控えていると言えば、なおさら非礼になる。

平盃のような白磁の器に、ごく少量の秋刀魚《さんま》の腸《わた》が載っている。

杉板の上に敷いた笹の葉に雲丹《うに》がある。

「たまらんな」

箸の先で腸をつまみ、舌に乗せた荒井の声がよろこんだ。

荒井が板前と相談し、三種の貝の造りを注文した。

玲人は板前にまかせた。いつものことで、一度も注文をしたことがない。

季節の品は、というより、その日の品は誰よりも板前がわかっている。

荒井が箸を置いた。

「隠れ家に連れてくるってことは、よほどの用があるんだな」

「教えてもらいたいことがある」

玲人は盃をあおった。

「新政党の内情はわかるか」

「ある程度は……知ってのとおり、俺は民和党寄りだが、つまらん肩書きのせいでデスクワークが多くなって、そのおかげで新政党のほうも知識が増えてきた」

「新政党の離党者は続くのかな」

「あと十人か二十人……党独自の票読みで悲惨な数字がでているらしい。民和党やほかの党の独自調査もおなじで、新政党は一〇〇議席をおおきく割るだろうというのがもっぱらだ。だから、新政党議員の多くは早期解散に反対している。しかし、離党し、新党を結成しても勝算がないのも自覚している。党に残るも地獄、飛びだすも地獄……つぎの次の総選挙での復活を胸に戦うしか術はないと思う」

「閣僚もあぶないと聞くが」

「五、六人……もっと落選するかもしれない。党の重鎮もおなじだ」

「現役閣僚で離党を模索している者は」

「範囲は……副大臣や政務官も入れてのことか」

「ああ」

「大臣は党を離れたくてもできないだろう。それに、先の内閣改造で離党がうわさされていた閣僚はその職を解かれた。総理と党幹部がリスクの芽を摘んだと言われている。副大臣や政務官に関しては、数名が離党するとの情報がある」

玲人は、聞きながら腹を括《くく》った。

「厚労副大臣の高原はどうだ」

「ん」

荒井の目が光った。

「高原が酒の肴か」

「そう思ってくれてかまわん」

「どうしてやつが気になる」

「理由は言えん」

荒井が盃を切るようにあおり、息を飛ばした。

「たしかに、離党予備軍のひとりと言われている」

「党をでて、どうする」

「やつの場合、そこがネックになる。派閥の親分が五十人を連れて離党したとき、それに従わなかった。官邸サイドが副大臣のポストを餌《えさ》に引き止めたともいわれているが、総理周辺の信頼があるわけではない。離党して行く先は古巣の民和党か……幾つかの新党が立ちあがるとして、そのどこかという可能性もなくはない。高原は東証一部上場企業の創業者の孫で、資金力がある。新党はどこも資金力がないからな」

玲人は首をすくめた。

このままではせっかくの美味もたのしめなくなりそうだ。

「調べてやろうか」

「頼む」

玲人は素直に言った。

「よし、きな臭い話はここまでにしようぜ。せっかくの料理に失礼だ」

玲人はふうっと息をぬいた。

あらためて、荒井と性が合うのがわかった。

荒井がカレイの昆布締《こぶじ》めを食べて、低く唸った。

おかげで、玲人も食欲が戻った。


並木通を吹き抜ける風はつめたく、夜の銀座は閑散としていた。

——一軒、つき合え——

そう言われ、中央通を渡り、みゆき通から並木通に折れた。

「銀座はよく来るのか」

「いまは滅多に……なにしろ新聞社も大変だからな。接待用に持たされていた会社のカードは没収されるし、経費もうるさく言われる。政治部と経済部はましなほうで、ほかの部署は交通費までとやかく言われ、やる気を失くす者が増えてきた」

「それなのに……いいのか」

「俺はアルバイトをしているからな。そっちのほうで経費をおとす」

荒井は他マスコミとのつき合いが多く、一時期は複数の週刊誌にペンネームを使って政治関連のコラムを連載していた。

本人は真偽をあきらかにしないが、稲村が官房長官だったときの総理のブレーンとして演説や会見用の原稿を書いていたといううわさを耳にしたことがある。

「民和党が復権を果たせば日本は好転するのか」

「経済に関してはな。ただし、期間限定という説もある」

「どういうことだ」

「消費税増税を実行するための手段として、まずは景気を回復させる」

「増税のあとは」

「財政健全化を名分に、バラマキをやめる」

玲人は、話しながら、栄和証券の吉永の言葉を思いだした。

――民和党が公約どおり、公共事業へのバラマキ投資をやれば、たしかに企業の経営は好転するでしょうが、それが雇用や賃金のアップに直結するとは思えません……日本の企業は、リーマンショック以降の減益分を補塡し、健全な経営基盤の構築に全力を注ぐはずです。雇用や賃金はそのあとのことで、それも、よほどの経済好転が見込めないかぎりは企業の保身に走るというのが、金融筋の大方の見方です――

あのときの感覚が声になる。

「経済界が良くなっても、庶民の泣き寝入りは続くわけだな」

「よろこぶ連中もいる。バラマキで銀座は間違いなく活気をとり戻す。くよくよしても始まらん。パッと行こうぜ」

荒井の足どりが軽くなってきた。

花椿《はなつばき》通を右折し、ソニー通を左折する。

「あれっ」

甲高い声がした。

「びっくりした」

店に入っても明穂の顔にはおどろきの色が残っていた。

玲人らが路地を曲がった先で、明穂は客を見送っていたのだ。

「びっくりしたのは俺だ」

荒井がさらに太い声で言った。

「まさか、俺のママが玲人と幼なじみだったとはな」

「でた。俺のママ」

荒井のとなりで、美樹という女が茶化すように言った。

「俺の女とは言ってねえよ。まあ、それが俺の永遠の願望だが」

「むり……だから、わたしに乗り換えれば」

「いらん。俺はがさつな女が嫌いなんだ」

「がさつな者どうし、似合うと思うけど……ねえ」

玲人は美樹に相槌を求められ、苦笑した。

荒井の酒場での遊び方は知っている。乱暴なもの言いは自分と女たちの距離を近づけるためで、それがわかっているのだろう、女たちも合わせている。

玲人は、戯言《ざれごと》を聞き流しながら、明穂を見ていた。

着物姿も化粧した顔も初めて見る。

ポルシェを運転したときの顔とかさね合わせても違和感はなかった。

それなのに、遠くの人のように感じる。

プロなんだ。

玲人は、ふと、そう思った。

荒井が笑顔を明穂にむけた。

「下で会ったとき、ママはうれしそうだった。ひょっとして、初恋の相手か」

明穂が顔の前で手のひらをふった。

見え隠れする瞳がきらきら輝いた。

「ご近所だったけど、一緒に遊んでもらった記憶がないの。つい先日、ひさしぶりに実家に帰ったとき、玲人さんとばったり……わたしは玲人さんとすぐわかったのに、玲人さんは声をかけてもきょとんとして……」

「おい」

荒井が視線をよこした。

「覚えてなかったのか」

「ああ」

「こんな美人なのに」

玲人は返事にこまった。

明穂は子どものころの話をぼかして、プロの対応をしている。

それに合わせるべきなのはわかっていても、言葉が思いうかばなかった。

「ひょっとして……」

美樹が声を発した。

「ママを無視するなんて、玲人さんはゲテモノが趣味なの」

「からかうな」

荒井が助け船をだした。

「こいつは攻撃も防御もできねえんだ。なにしろ、無粋で不器用だからな」

「それでよく生きていられるね」

「じつは、俺もこいつとおなじなんだ」

「うそっ」

美樹が平手で荒井の太股《ふともも》を打った。

「うそなもんか。で、高い授業料を払って、性格を直そうとしている」

「じゃあ、わたし、先生よね」

「おまえの場合は反面教師だな」

他愛ない会話が続いた。

玲人は、スコッチの水割りを呑みながらのんびりしていた。

荒井の機転のおかげで助かった。

明穂が話しかけてこないので神経の平衡を保てた。

「わたし、頭にきて眠れませんでした」

玲人の部屋に入って来るなり、莉子が怒りを爆発させた。

「日本が沈没しそうなのに、国会議員はほんとうにばかですね」

「とにかく、座りなさい」

玲人はため息をついた。

朝っぱらから自分が叱られているようで気分が沈みそうになる。

莉子は昨夜の電話でも怒っていた。

――高原が女性とマンションに入ったままでてきません――

午後十一時半のことで、玲人はまだ銀座にいた。

すぐさま小太郎に連絡し、莉子と合流するよう指示した。状況の詳細はわからなくても女ひとりを寒空の下で見張らせるわけにはいかなかった。

玲人も帰宅し、外出に備えた。

4

高原がマンションをでてタクシーに乗ったと連絡があったのは午前二時前で、玲人は二人に帰宅するよう命じたのだった。

「風邪をひかなかったか」

「わたし、見かけより丈夫なんです」

つっけんどんなもの言いだった。まだ眦はつりあがっている。

「女性の素性が判明しました。高原の私設秘書、和田哲也《わだてつや》の娘です」

「ほう」

玲人は口をまるくした。

高原事務所に関する情報は前田審議官を通じて入手していた。公安総務課の捜査報告書にも和田哲也の名前は幾度も登場している。

高原の初当選以降の二十三年間、和田は私設秘書として事務所を仕切り、地元後援会を束ね、金庫の一切をまかされているという。

彼の娘の和田亮子《りようこ》は政治家志望で、学生時代から高原事務所でアルバイトをし、大学を卒業後も事務員として働いている。

「どこまで調べた」

「事実関係については小太郎さんが調べています。わたしは、とりあえず、きのうの高原の行動を報告します」

莉子が手帳を開いた。

「午後六時に厚労省から公用車で日本橋の料亭へむかい、そのときは和田秘書が同行していました。午後九時にその店をでるさい、会食の相手と思われる二名を確認しましたが、素性は不明です。そのあと、ひとりでハイヤーに乗りました」

「ＳＰはどうした」

「ハイヤーに乗った時点でお役御免になったようです。公用車も高原を料亭で降ろして走り去り、戻ってきませんでした」

玲人はうなずいた。

自分も経験している。政府要人は二十四時間警護が決まり事で、自宅滞在中は制服警察官が近辺警戒にあたり、外出中は公私にかかわらず私服のＳＰが同行するのだが、要人の意向で任務を離れることがあり、それは警備部幹部も承知している。

「そのあと高原は九段下《くだんした》のホテルのラウンジで彼女と逢い、三十分ほど経ってタクシーに乗り、芝浦のマンションへむかいました。マンションでの滞在時間は、午後十時三十三分から翌午前一時四十八分までの、三時間十五分です」

「女は見送りにでてきたか」

「いえ。高原はタクシーに乗るさい、マンションを見あげていましたが」

莉子が不快そうな表情を見せた。

「もう怒るな」

玲人は先手を打った。

「でも……」

莉子が語尾を沈め、頬をふくらませた。

「俺たちは浮気調査をしているわけではない」

「ほうっておけと言われるのですか」

「そうじゃない。和田亮子の身辺はきちんと調べる。二人が男女の仲であれば、高原が亮子に情報を洩らした可能性もでてくるからな」

「わかりました。では、引き続いて高原を監視します」

「高原はもういい。リッチ証券の加藤春香を監視しなさい」

「彼女への疑惑が濃厚になったのですか」

「いや。しかし、三人でやれることにはかぎりがある。しかも、調査期間は二週間だ。官邸情報の漏洩と株価急落の二点に絞って調査をやるしかないだろう」

小太郎には、高原と亮子の調査が済み次第、別の人物の調査を指示するつもりでいる。

玲人は用意の封筒を手にした。

「これは春香の個人情報だ」

莉子が封筒の中身をとりだした。

「写真は誰ですか」

「現時点で、春香と親密と思われる人物のものだ。彼らの個人情報も記してある。春香が誰かと接触したさいの参考にしろ」

栄和証券の吉永からの贈物である。

――やってみますが、期待はしないでください――

玲人が春香の顧客の情報提供を頼んだとき、吉永はそう言った。

むずかしい要望なのは承知していたので多くは期待しなかったが、昨夜遅くに帰宅したとき、Ａ４判で七枚分の資料がファックスで届いていた。

要望した政治家だけでなく、金融業界や著名人の名前と、彼らの個人情報が記されており、そのなかには、高原夫妻のほか、投資家の山井達郎の名もあった。

写真は政治家の十三名のそれで、内閣官房付きの調査官になったときから、衆参国会議員の顔写真は手元に揃《そろ》えている。

自宅の門をでた瞬間、顔をしかめた。

足早に去る莉子とすれ違って、西村和子が近づいてきた。

和子は、玲人の前に立つと、これみよがしにふりむいた。

「若い子ね」

玲人はものを言わずに庭へむかった。

和子がついてきて、縁側にならんで座った。

「なにをしている子なの」

「公務員だよ」

そう言うのが精一杯だった。

莉子がカジュアルな服装でなく、濃紺のスーツを着ていたので助かった。

「そうとうデキの悪い公務員ね。男の家に泊まって、朝帰りするなんて……しかも、もうすぐ正午になるのよ」

「あの子は用があって、一時間前に訊ねて来たんだ」

「そう」

和子が顎をしゃくった。

端から信用していないというか、聞く耳を持たないのだ。

きょうは何の用かな。

声になりかけ、あわてて咽に留めた。

なにを言っても和子の不機嫌は増しそうな気がする。

「女嫌いの番犬を住まわせようかな」

「はあ」

「冗談よ」

ようやく和子が笑顔を見せた。

「餃子を食べに行こうよ」

「これからでかけるんだ」

「そう」

「今度つき合う」

「結構です。ひとりでも行けるから」

和子がまた顎をしゃくり、腰をあげた。

「おお」

門のほうからしわがれ声がし、隣人の藤本栄蔵が入ってきた。

「どうも」

和子に声をかけ、彼女が座っていた場所に腰かけた。

すこぶる機嫌のよさそうな顔をしている。

「どうされました」

「先日の話さ。相手が乗り気で写真を預かってきた」

門へむかっていた和子が足を止め、ふりむいた。

玲人は首どころか、身体が傾きかけた。

「見てみなよ。そんじょそこらの別嬪《べっぴん》とはものが違うぜ」

栄蔵が白い堅紙を開いた。

左右に、着物とスーツを着た同一人物の立ち姿がある。

「ふーん。朝帰りの女のあとは見合い写真なの」

戻って来た和子が写真を見て、棘のある声で言った。

「あんた」

栄蔵が和子を睨んだ。

二人は近隣の縁で顔見知りだが、どう見ても合性が良いとは思えない。

「ケチをつける気かい」

「事実を言ったままでよ。さっきまで若い女がこの家にいたの」

「それがどうした」

栄蔵が喧嘩口調で応じた。

「女のひとりや二人いたってどうってことはねえ。玲人さんは四十二歳の男盛りよ。しかも、この男前だ。かえって、健全とわかって安心したぜ」

闘争心に火がついたのか、和子の顔が赤らんだ。

「玲人さんは迷惑そうな顔をしてるわ」

「あんたが茶々を入れるからだ」

「ふん。あなたのおせっかいがすぎるからよ」

とても聞いていられなくなって、玲人は栄蔵に声をかけた。

「この話は日を改めてということにしていただけませんか」

「いいともよ。邪魔者ぬきで、旨い酒をやりながら話をしよう。きょうのところはこれを置いて帰るから、ひまなときに連絡くれな」

「そうします」

玲人は見合い写真を受けとって、和子に声をかけた。

「和子さんもまたにしてください」

栄蔵と和子が互いを無視するように顔をそむけ、別々に去った。

玲人は固くなった肩をグルグルまわした。

国会議事堂の裏側にある衆議院第一議員会館に入った。

二〇一〇年に建て替えられた館内は見違えるほどきれいになり、設備が充実したのは一目瞭然で、議員が使用する部屋もひろく、機能的に様変わりしていた。

玲人が秘書室にいる女に声をかけると、左奥の部屋に案内された。

「来たか」

応接ソファにいる稲村が笑顔で言った。

玲人は、稲村の正面に座った。

「自分が訪ねて来る予感があったのですか」

玲人は、挨拶もなしにいきなり質問した。

電話でアポイントをとったとき、稲村は即座に快諾し、面談時間を告げた。許可されたのは午後四時半からの三十分間である。

それでも当日の面談申し入れが受け容れられるのはごく稀だろう。

「君が有能であれば……いや、有能だから連絡があると思っていた」

「自分の能力なんて……先生に誘導されて来たようなものです」

玲人は、帝国ホテルのタワー館の鮨屋で言われた言葉が気になっていた。

──かわいい子だね──

──わたしが階段を降りたとき、あの子はちらっと君を見てうなずいた──

稲村の観察眼の確かさにおどろいたわけではなかった。

謎かけというか、禅問答を仕掛けられたというか、そんな感覚になった。

──さあ。自分はどんな子か記憶にありませんが──

あれはとっさに対応できなくて、苦し紛れの弁明だった。

そんなことも稲村は看破していると思えば、よけいに気になる。

「やはり、君は有能な男だ。だが、気に入らん」

「なぜですか」

「連絡をよこすのが一日遅かった」

稲村が目尻に幾つもの皺《しわ》を刻《きざ》み、言葉をたした。

「冗談だ。わたしに連絡する前に、いろんな情報を入手する必要があったんだろう」

「恐れ入ります。そこで、単刀直入にお訊ねしますが、先生は、官房の……いえ、前田審議官の動きをご存知なのではありませんか」

「……………」

稲村は応えない代わりに、眼光を増した。

「先生は、官房長官在任中に官邸人脈を手中に収められた」

「認めよう」

「自分が指示を受けたことも」

稲村が首を左右にふった。

「そこまでは……先日も言ったと思うが、わたしは前田の力量を買っている。その男が極秘に指示をだすとすれば、君しかいないと読んだ」

「審議官の指示の内容も推察されたのですか」

「政局のさなかだからね。しかも、内閣と官邸内は制御不能なほど混乱をきたしている。いま官房が傾注してやるべき任務は、混乱を鎮めることだ。だから、官房は閣内の離党予備軍とうわさされる人物の身体検査を行なった」

身体が固まりかけた。

政治家に疵があるか否《いな》かを調べることを身体検査と称し、その結果が組閣人事に影響する。検査するのはＣＩＲＯと警視庁公安部だが、情報収集面では活動能力と人的数で勝る公安部がその任務を果たしている。

つまり、稲村は公安部にも人脈があると吐露《とろ》したようなものである。

玲人は、もうなにも隠す必要がないと判断した。

「八名の離党予備軍の調査結果もご存知と認識してよろしいのですね」

「かまわん。しかし、君が高原を調べているとは思わなかった」

「やはり、自分のミスですね」

「わたしを舐《な》めたことか」

稲村が目を細めた。

「申し訳ありません」

「そこだよ。君は己の過失を素直に詫びる。言い訳はいっさいしない。簡単なことのようだが、なかなかできることではない」

「お褒めにあまえて、質問させてください」

「なにかね」

「高原副大臣と山井氏とは親しい間柄なのですか」

「手持ちの資料にはどう書いてある」

「副大臣に関する資料に、先生の名前も、山井氏の名前もありませんでした」

「当然だな」

稲村がにべもなく言った。

「高原とはこの二か月あまりの……それも、人を介しての縁だからね。高原がカネの使い道にこまっているそうなので、旧知の山井を紹介した。二人はあの日が初対面だ。つまらん話は聞きたくないので、わたしは遅れて行った」

「先生が要らぬお節介を焼くとは思えませんが」

稲村がにんまりとした。

「使い道にこまるほどのカネとはどの程度なのか……カネをカネとも思わぬ山井に会わせることで、高原の度量もふくめ、見極めてみたかった」

「それで、どうでした」

「話したくもない」

稲村が吐き捨てるように言い、やや間を空けて言葉をたした。

「日本ではカネ持ちほどケチというが、そんな連中はほんとうのカネ持ちではない。ゆるぎない資産家であれば、生きたカネの使い方を心得ている」

「九州の社長のように……」

「被災地に一〇〇億円か。あれは、あっぱれだった」

稲村がたのしそうに笑った。

玲人は、稲村と高原の関係を記憶の箱から捨てた。

稲村は、自分が高原を監視していることを、高原に話さないだろう。

その推察は確信に近い。

このの ち高原が稲村に擦り寄ったとしても、稲村は計算づくで距離をとる。

それは断言できる。

「副大臣の話はよします。山井との縁を教えていただけませんか」

「注文が多すぎる」

稲村がはねつけるように言い、壁の時計を見た。

面談の時間は残りわずかだ。

「君と頻繁に会えるようになるまでは、いくら君の能力を買っていようと、君を身内扱いするつもりはない」

「先生は官房に戻られるおつもりですか」

つい、軽い口調になった。

「民和党政権が復活し、新総理が望むなら……だが、それはないだろう。わたしを女房役にすれば、新総理も気が気ではなくなる。なにしろ、民和党のなかにもわたしの行動を警戒する者がいるからね」

「たのしんでおられるように聞こえます」

「もちろん、たのしんでいる。そろそろ、いいか。となりの会議室にいる客との話を中断し、待たせたままなのだ」

「失礼しました。感謝します」

「気にするな。貸しは、総選挙がおわったあとで返してもらう」

稲村と一緒に部屋をでた。

三人の秘書の顔が強張《こわば》っていた。

それを見て、隣室の客人が稲村にとって大切な人物なのだと悟った。


めざすアパートは、JR高田馬場駅から新大久保のほうにむかって左側の、新旧の家屋やマンション・アパートが密集する住宅地の一角にあった。

白と緑を配した二階建てアパートはいかにも若者が好みそうである。

玲人は、外階段の下にならぶレターボックスを見た。

外から見えるかぎりの窓にはカーテンがあり、灯のともっている部屋もあるのだが、十二個のレターボックスのうち名札があるのは四つだった。

二〇一号室のそれにも名札がなく、隙間からチラシがあふれそうになっている。

靴音がしてふりむくと、若い女が不審そうなまなざしを見せた。

かまわず、玲人は声をかけた。

「すみません。このアパートの方ですか」

「そうだけど」

女が面倒そうに応えた。

「二〇一号室に住む岩崎洋介《いわさきようすけ》の身内ですが、岩崎と面識はありますか」

「ないわ。ここの誰とも……もういい」

「すこし話を聞かせてもらえませんか」

「ほかの人にして……変なことにかかわりたくないの」

女が自分のレターボックスを開けてから、階段に足をかけた。

玲人は脇から声をかけた。

「おとなりじゃないですか」

「関係ないでしょう。しつこくすると警察を呼ぶわよ」

女は本気で怒ったらしく、右手に携帯電話を持った。

玲人は背をむけた。

急な依頼を受けたことを半分は後悔している。

――折り入って相談があるんだ。すこし時間をとれないか――

岩崎三郎《さぶろう》から連絡があったのは電話で稲村に面談を求めた直後だった。

「忙しいところを悪かったね」

岩崎がぎこちない笑みをうかべた。

「とんでもありません。勤務中の時間しかとれなくて、申し訳ありません」

玲人はそう返して、岩崎と差し向かった。

国立劇場の近くにあるホテルの喫茶室に着いたところだ。

国土交通省都市・地域整備局の岩崎参事官に会うのは三年ぶりである。

それ以前の岩崎は、国交省から内閣官房に出向して公共事業政策を担当していた。内閣官房からある調査を依頼され、岩崎と連携したのが親しくなったきっかけで、公私にわたり世話になった。岩崎は、古巣の国交省に戻っても、まめに電話をよこして近況を訊ね、ときには夜の街に呼びだした。しかし、月日が流れるとともに電話の間隔が長くなり、三年前からは初春と暑中の便りを送るだけの間柄になった。

みずからは岩崎に連絡しなかったせいもあるだろう。岩崎が昇進をかさねるにつれて激務が増し、玲人をかまう余裕がなくなったのかもしれない。

玲人が思うのはその程度で、深く斟酌《しんしゃく》したことはなかったし、かといって、人と人のつながりはそんなものと嘯《うそぶ》くこともなかった。

「歳だね。職務を普通にこなすだけでもつらくなってきた」

力のない声は無沙汰の言い訳のように聞こえた。

そう感じたけれど、感情は反応しなかった。

「お身体のほうは大丈夫ですか」

「おかげさまで、内臓は元気だよ。とは言っても、五十八だからね。深酒や寝不足が堪えるようになった」

玲人は目元に笑みをうかべた。

こういう会話になると、言葉を失くしてしまう。気遣いの言葉どころか、さしさわりのない言葉もうかんでこない。言葉への恐怖のせいだと自覚しているけれど、恐怖心をとり除く努力はしたことがないし、意識してできるものでもないと思っている。

「君は、あいかわらず独身なのか」

「ええ」

「予定は」

「ありません」

「そうか……」

岩崎の声にため息がまじった。

また、その話なのだろうか。

玲人は気分が重くなりかけた。

岩崎が煙草をふかした。

テーブルの上で紫煙が輪になり、すぐに撓《たわ》んだ。

「結婚させればよかったのかな」

つぶやくような声がした。

玲人は口をつぐんだまま岩崎を見つめた。

「倅《せがれ》のことだよ。グレていないかと心配している」

「たしか、洋介君でしたね」

かつては岩崎家を訪ねて馳走《ちそう》になったことがあり、そのころは高校生のひとり息子とも顔を合わせ、そのたび人気漫画の話をした記憶がある。

「連絡がつかないんだ」

岩崎が眉をさげ、肩をおとした。

「どういうことですか」

「この二か月あまり家に寄りつかなくなって……それでも女房からはたまに電話で話して

いると聞いていたのでさほど心配していなかったのだが、おととい、女房に泣きつかれてね……ひと月ほど連絡がとれないのでアパートに行ったのだが倅は留守だったらしく、ポストにメモを置いて帰ったのだがなしのつぶてだと……で、わたしになんとかしろと……しかし、そんなことで仕事を休むわけにはいかない。いまは政局の真っ只中で、どこの省庁もつぎの政権を予測しながら対策を講じているのだ」

「洋介くんには結婚したい人がいるのですか」

「本人は熱くなっていた。いきなり家に女を連れてきて……わたしが訊いても、女は自分の家族や過去を話したがらなかった。どこの誰だか素性の知れない女に、どうか倅をよろしくとは言えんよ。わたしにも立場がある」

岩崎が官僚と父親の威厳をとり戻すかのように顎をあげた。

「二人と話されたのはその一度きりですか」

「拒むつもりはないが、それ以来、なにも言ってこない」

「それが二か月前のことですか」

「ああ。女房は、わたしが頭ごなしに反対したせいで倅が反抗していると……電話ではさんざん愚痴《ぐち》を聞かされたそうだ」

「洋介君の仕事は」

岩崎家を訪ねていたころから計算して、洋介は二十四、五歳になっているはずだ。

「大学をでたものの、就職活動に失敗してね。わたしの縁故に頼るのを本人がいやがって……人材派遣会社に登録し、派遣社員を……わたしが知るかぎりでも二年間で五社を渡り歩き……女房は、倅のアパートを訪ねる前に派遣先の会社にも足を運んだのだが、辞めたあとだった。会社の話によると、本人が辞めたいと言いだし、そのことは人材派遣会社も知らなかったらしい」

「それが、グレることには結びつかないでしょう」

岩崎が苦虫を嚙み潰したような顔で上着の内ポケットから封書をとりだした。

「これが女に関する調査報告書だ」

手にした封書に、目黒探偵事務所とある。

「女房が内緒で……わたしが、頭が冷めるまでほうっておきなさいと言ったものだから、倅が女を連れてきた数日後に、インターネットで調べ、そこを訪ねたそうだ」

「読んでもかまいませんか」

「もちろん」

玲人は速読した。

監視調査は依頼しなかったのだろう、三枚の罫紙《けいし》には、三谷《みたに》千尋《ちひろ》という女の出自や経歴などが箇条書きに記されていた。

この報告書の存在を千尋が知るところとなれば問題になるだろう。

そう思えるほど詳細に調べてある。

現在は、戸籍をふくむプライバシーの調査がきわめてむずかしくなっているのだ。

「補導歴があるんですね」

「そうなんだ。十七歳で恐喝……それに、わたしには、息子とおなじ会社にいることも言わなかった。きっと、詮索されたくないなにかがあるんだ」

岩崎の声が強くなった。

玲人の首が傾いた。

会話の結末が頭にうかび、気分が重くなりかけた。

どうことわろうか。

そう思った。

むりだろうな。

身体のどこかで嘲笑まじりの声がした。

玲人は、もう一度、レターボックスの前に立った。

一〇一号室のそれになにも入っていないのを確認し、視線をふった。

一階左端の部屋の窓から灯が洩れている。

チャイムを鳴らすと男の声が聞こえ、ほどなくドアが開いた。

長髪の若者だった。

玲人は名刺を差しだした。

「探偵の大原と言います。よろしければ、この部屋の上に住んでおられる岩崎洋介さんのことでお話を伺いたいのですか」

「つき合いはないけど……」

いやがるような声音ではなく、目には興味の気配が感じられた。

「どんな人かご存知ですか」

「うん。ときどき顔を合わせるからね。それより、ほんとうに探偵なの」

「そうです。息子の洋介さんと連絡がとれなくなったご両親が心配されて、自分に調査を依頼されたのです」

玲人は、話しながら思いだし、懐から封書をとりだした。

自分の名刺には名前と住所と電話番号しかない。

「この目黒探偵事務所の者です」

「わかった」

若者が背をむけたので、なかに入り、後ろ手にドアを閉めた。

手前の右側はトイレとバスルーム、左側は簡易なキッチンで、通路の奥が八畳の洋間になっている。ベッドと四角いテーブル、スチール製の机と書架、ほかにテレビやラックやワゴンなどがあり、床には寝そべる隙間もなかった。

テーブルをはさんで声をかけた。

「学生さんですか」

「大学は卒業して、ことしからロースクールにかよってる」

「弁護士志望ですか」

「裁判官だよ」

若者が躊躇《ちゅうちょ》なく言った。

「司法関係では収入が安定しているし、若手のうちは地方勤務が多いそうなので、いろんなところへ旅ができる」

「なるほど。旅とミステリーが好きなんだ」

玲人は書架に目をやった。

五段の書架は書物で埋まり、小説の半分はタイトルを知っていた。

玲人も警察官を辞めてからミステリー小説を読むようになった。

「専門書だけでは飽きるから、小説で想像力をひろげているんだよ」

「まじめなんだね」

「あとで楽をしたいだけさ。裁判官になれば死ぬまで生活で苦労しなくて済むから」

玲人は同意するようにうなずいた。

「ところで洋介さんだけど……どんな感じの人なの」

「神経質というか、ちょっと暗いかな」

「話したことは」

「挨拶する程度……そうそう、ことしの夏に話したことがある」

「なにかあったの」

「夜中に音楽がうるさくて……俺はてっきり真上の部屋だと思って、文句を言いに行ったんだ。そしたら上の人も怒っていて……彼のとなりの部屋だったんだよ」

「二〇二号室の女の子ね」

「そう、ケバい格好してる子でね。引っ越して来たばかりだったらしく、彼と文句を言ったら、ふてくされていたけど、静かになった」

「上の部屋は静かなの」

「このアパートは割としっかりできていて、となりや上の音はあまり聞こえないんだ」

「洋介さんには彼女がいるそうなんだけど、見たことはないかな」

「あるよ」

若者があっさり返し、表情を弛めた。

「歳は三十くらいで、あかるくて、きれいな人だった。この近くで、二人が一緒のところを三回見たけど、ちゃんと挨拶してくれて……ちょっと羨ましかった」

「この人かな」

玲人は探偵事務所の封筒に入っていた千尋の写真を見せた。

隠し撮りのスナップ写真である。

「そう。ほんとうにきれいな人だった」

「過去形だけど、最近は見かけないの」

「ひと月以上見てないかな」

「洋介さんは」

「二、三週間前にコンビニでばったり……そのときはひとりだった」

「どんな雰囲気だった」

「変わらないよ。もっとも、そんなこと意識して見なかったけど」

「最近、上の部屋に人が訪ねてきたような気配はなかったかな」

「さあ。俺、あまり他人のことに興味ないし、勉強中は集中してるから」

「そうか。ありがとう。助かった」

「なにかあったら連絡するよ。探偵さんに興味あるし」

玲人はにっこり笑って腰をあげた。

ものの考え方はともかく、若者もまんざら捨てたものではない。

そんな思いが笑顔にさせた。

5

「大原さん。おられますか、大原さん」

おおきな声がして、玲人は縁側から庭に飛びだした。

門の外に元依頼人の中川雄一がいた。

顔を紅潮させ、両手で鉄柵の門扉を揺さぶっている。

「どうしたのですか。そんなに興奮されて」

玲人は雄一を招き入れ、縁側に腰をおろした。

「どうもこうもありませんよ」

雄一は玲人の正面に立ったまま唾を飛ばした。

いまにもつかみかからんばかりの形相だ。

「きちんと報告してくれなければこまるじゃないか」

もの言いも乱暴になった。

玲人は冷静に雄一の目を見据えた。

「いったい、どういうことです」

「あんたは家内の調査を行なったのに、わたしに報告しなかった。契約違反……いや、調査費は支払ったのだから詐欺《さぎ》だな」

「お言葉ですが、あなたは中途解約された。約束では一週間の調査で、調査報告書はそのあとお渡しすることになっていました。中間報告の約束はしておらず、解約されるとき、あなたからの要請もありませんでした」

「それは……」

雄一が言葉に詰まりながらも話を続けた。

「調査でなにもでなかったと思ったからだ。まさか、家内が内緒でマンションを借り、犬を飼っていたなんて……家内は、探偵には正直に話したと……だから、わたしが承知のうえで仲直りしたと思ったそうだ」

まるめこまれたのですよ。

玲人はそう言いたくなった。

しかし、言えば中川夫妻と膝詰めで話をしなければならなくなる。

──内緒にしていただけますよね──

──ねえ、どうしましょう──

あのときの言葉を持ちだしても、聖子が白《しら》を切れば水掛け論になる。

それに、聖子がどこまで正直に話したのか。

高価な衣服と貴金属のことや、自宅の金庫のカネを使ったことも白状したのか。

それがあきらかになるまで、雄一の一方的な非難を黙って聞くしかなかった。

「どうして報告しなかった」

「あなたは、どうして犬のことを……奥さんが喋ったのですか」

「問い詰めたんだ。きのう、うちの社員がマンションに入る家内を目撃して、わたしに電話で報らせてきた。で、わたしはカッとなってマンションへ行った」

「部屋に入られたのですか」

「そうだ。家内のケータイに電話をかけ、マンションの前にいるから部屋に入れなさいと……まあ、最悪の予想とは違っていたので安心したが……しかし、許せん」

「犬を飼われていたことですか」

「家賃など惜しくもないが、犬は絶対にだめだ」

玲人は、めだたぬようにため息をついた。

クローゼットの中身の話をすれば、よけい面倒を背負い込むように思う。

ここまでの話を聞くかぎり、自宅の金庫のことは知らないようである。

「契約上の手違いがあったとはいえ、お詫びします」

玲人は立って頭をさげた。

「悪いと思うのなら、何とかしてくれ」

「はあ」

「家内を説得してもらいたい。犬は子ども同然だから絶対に手放さないと……むりやり引き離そうとするのなら、離婚するとまで言いだす始末だ」

「さっき、家賃など惜しくもないと言われましたね」

「それがどうした」

「それなら、あなたが仕事をしておられる時間のことです。そのままにしてあげればいいでしょう。あなたに別れる気がなければの話ですが」

「別れるもんか」

「それなら……マンションと犬に目をつむれば、機嫌のいい奥さんと一緒に暮らせる。そのほうがあなたも幸せでしょう」

「ううっ」

雄一が獰猛《どうもう》な犬のように唸った。

「どうした、玲人さん」

門から声がして、となりの藤本栄蔵が大股で近づいてきた。

「あんた、誰だい」

栄蔵が雄一を睨んだ。

「誰でもいいだろう」

「そうはいかん。朝っぱらから大声をあげて、近所迷惑だ」

「わたしは大原さんの客で、文句を言いに来た。あんたは引っ込んでくれ」

「なんだと」

栄蔵が眼光をとがらせた。

「引っ込んでろとは、なんて言い種だ。てめえなんざ、おととい来やがれ」

栄蔵も雄一も顔が茹蛸《ゆでだこ》になった。

「いいかげんにしてください」

玲人は語気を強めた。

「お二人が怒鳴り合えば、そのうちご近所の全員が集まってきますよ」

「けどよ……」

玲人は、手のひらを突きだして栄蔵の怒りを抑えた。

「もう話はおわったのです。そうですね、中川さん」

「えっ、まあ」

雄一は痴話《ちわ》喧嘩の中身を赤の他人に知られたくないのだろう。

「もう一度話し合って、連絡するとしよう」

雄一が門から消えると、栄蔵がとなりに腰をかけた。

「とんでもねえ野郎だ。声がでかいから聞こえちまったが、たかが夫婦喧嘩の後始末を玲人さんにさせようなんざ、棺桶《かんおけ》に入ってから言いやがれ」

「栄蔵さんは熱いですね」

「江戸っ子よ。あんたもおなじなんだ。ちっとは怒ったほうがいいぜ」

「依頼主を怒るなんて、とてもできません」

「じれってえが、そこがあんたのいいところだもんな。いまどきの男は……なんて言ったっけ……草食系か……表面だけで、根っこのやさしさがねえ。それに、俺の勘だが、あんたの身体にゃ鋼《はがね》の芯があるような気がするんだ」

「そんなものはありません」

「いいや」

栄蔵がいかにも頑固そうな顔を左右にふった。

「ここにいるのはかりそめの玲人さんって言うか……」

「それは偏見です。えこひいきです」

玲人はきっぱりと言った。

たまのことだが、栄蔵といるとき観察されているような気がする。あるとき将棋を指していて、玲人が窮余の一手を打つと、栄蔵はやおら腕を組み、目を逸らしたくなるほどの眼光で睨みつけられたことがある。

あなたのほうこそ、誰も知らない顔を隠し持っているのではありませんか。

玲人はそう言いたくなった。

「かりそめの玲人さんってのは、俺が思ったことじゃねえんだ」

「はあ」

顎が突きでた。

「明穂がよ……いつだったか、あんたの話になったときに、ただの探偵ではないかもしれないと……あいつは浮き草稼業でいろんな男を見てるからな。あんときばかりは、デキの悪い娘だが、まんざら捨てたもんじゃねえと思ったよ」

「ただの、しがない探偵です」

玲人は気負いなく言って腰をあげた。

そろそろ見合い話に移りそうな予感がある。

明穂の話も栄蔵とはしたくなかった。

そそくさと着替えを済ませ、JR蒲田駅へむかった。

妙に気が急《せ》いている。

昨夜から好奇の虫が目を覚まし、明穂が言ったという言葉が背を押した。

他愛ない戯言でも気分を高揚させ、行動をあおることがある。

ネット・エコノミー・リサーチ、略称NERという会社は、千代田区大手町の高層ビルの十七階にあった。

NERのプレートが貼られたドアを開けると、狭いスペースに受付カウンターが設けられ、その左右にも閉じられたドアがある。

玲人は、白いブラウスに紺ベストを着た女に声をかけた。

「大原と申します。三谷千尋さんにお会いしたいのですが」

「面談のご予約は」

「ありません」

「あいにく三谷は外出しております」

「わたしは国土交通省と縁のある者です。三谷さんの上司の方でも結構です。おとりつぎ願えないでしょうか」

　話しているうちに女の表情が引き締まった。

　国土交通省に反応したのはあきらかだった。

　玲人は、門前払いを想定してそれを用意していた。

「少々お待ち願えますか」

　女が頭をさげ、社員証を使い右手のドアを開けた。

　三分ほどして女が戻って来た。

「どうぞ。ご案内します」

　今度は左側のドアが開いた。

　見えるのは一本の通路で、右の壁には手前と奥に、左には五つのドアがある。

　左側の一室に案内された。

　小部屋だが、窓から空を望めるので息苦しさは感じない。

　別の女がお茶を運んできたのと入れ違いに細身の男があらわれた。

　歳は四十半ばあたりか。見るからに仕立ての良さそうなグレイのスーツを着ている。髪はサイドバックに整え、濃茶のネクタイを緩みなく締めている。

　玲人は立ちあがって、名刺を手にした。

「探偵の大原です」

男が一瞬眉をひそめ、すぐ表情を戻した。

「うそをつかれたのですか」

「いいえ。わたしは、国交省官僚の依頼で動いています」

男がわずかにうなずき、内ポケットから名刺入れをとりだした。

「わたしは、代表の玉木《たまき》寿彦《としひこ》です」

「お仕事の時間を割《さ》いていただき、恐縮です」

いきなりの代表の登場に面食らいながらも、平静を保って応じた。

ソファで差し向かった。

「三谷にご用がおありとか」

玉木の口調は穏やかだが、目には力を感じる。

「はい」

「あなたの依頼主の、国交省の方は三谷と面識があるのでしょうか」

「そうです。心あたりはありませんか」

「ん」

玉木が眉根を寄せた。

「それは、どういう意味ですか」

「先月で御社を退職した岩崎洋介という若者はご存知ですね」

「もちろん。正社員十七名、非正規社員八名のちっぽけな会社です。派遣社員といえども顔と名前は覚えているし、性格なども把握しているつもりです」

「個人情報はどうですか」

「まわりくどいね」

声に苛立《いらだ》ちがまじった。

「彼の父親が国交省政策局の幹部なのは、面接を行なった人事担当者に聞いた。ただし、それが理由で彼を雇用したわけではなかった。わたしは若い社員との親睦を深めるために酒を呑む機会をつくっていて、彼ともざっくばらんに話したことがあるが、彼の身上を訊いたことはないし、彼も身内の話はしなかったと記憶している」

「彼はここでどんな仕事をしていたのですか」

「経済や金融に関する情報の収集です。信用面の判断で、彼を外部の方々と接触させることはなかったが、マスコミ情報やインターネットに氾濫する情報の収集を担当し、経験が浅い割には無難に仕事をこなしていた。本人はいずれインターネットを活かしたベンチャー企業を立ちあげたいとの夢を抱いていたようです」

「それなのに、八か月で辞めたのはなぜですか。自分の調べでは、半年間の期間契約をさらに一年延長している。その二か月後の退職には疑念を覚えます」

「本人は一身上の理由としか告げなかったとの報告を受けている」

「あなたには相談がなかった」

「彼の上司と人事担当者が対応することです」

玲人はまばたきで間を空けた。

「本題に入ります。岩崎が三谷千尋さんと交際していたのは知っておられましたか」

玉木が表情を変えず、ゆっくり首をふった。

「おどろかれないのですか」

「社員のプライベートなことには口をはさまないようにしている。社内恋愛を禁止しているわけでもない。わたしはあまり感情を表にださないのでそんなことを言われたのだろうが、内心は意外な組み合わせだなと……それが正直な感想です」

「三谷さんはどんな方ですか」

「仕事ができる。外を飛び回り、金融関係者や注目する業界、特定の企業に関する情報の収集と、その分析を行なうのが仕事で、彼女が記すレポートは完璧に近く、わたしだけでなく、わが社の顧客を充分に満足させている」

「やり手のキャリアウーマンというわけですか」

「そうなるね」

「当然、上昇志向も強いのでしょうね」

「実績主義の会社を望む者は独立心が旺盛なのです」

「そんな人が、六歳年下の、契約社員を恋愛の相手にするものでしょうか」

「仕事と恋愛は関係ない。失礼だが、そんな偏見は嫌いです」

「失礼しました。質問を変えます。三谷さんは外を飛び回っている。他方、岩崎はデスクワーク……仕事の内容も部署も異なるのに接点があったのですか」

「先ほども言ったが、ちっぽけな会社だから、社内にいれば皆が顔を合わせる」

「通路のむこうがオフィスですか」

「そう」

「警備が厳重ですね。受付には二つの監視カメラがあり、左右のドアは認識証でしか開かないようになっている。訪問者の目を避けておられるのですか」

「いまどき、社員が認識証を持つのはあたりまえです。とくにわが社は、顧客に安心していただけるよう、情報管理を徹底している」

「話を戻します。三谷さんと岩崎のことを社員の方に伺ってもよろしいですか」

「おことわりします」

「オフィスには入れないと」

「あたりまえです。顧客にさえ職場は見せていない」

「この部屋での面談もむりですか」

「くどいね」

玉木が語気を強めた。

玲人は、内心ほくそえんだ。

——わたしはあまり感情を表にださない——

さっきの言葉がうそっぽく思えてきた。

玲人はさらにゆさぶりをかけたくなった。

「彼女に関しては首をかしげるような証言を得ています」

「どんな」

「具体的には申しあげられません。それに、先ほどあなたは、仕事と恋愛は別で、自分の発言を偏見と言われた。自分は、岩崎と三谷さんの身辺調査を行ない、二人の交際に疑問を感じることがあるので、ああ言ったのです」

はったりである。

　ただし、けさ、小太郎には千尋に関する個人情報を集めるよう指示した。東洋新聞社の荒井にもＮＥＲに関する調査を頼んだ。

　国交省の岩崎の依頼を受けた理由のひとつがＮＥＲの存在である。目黒探偵事務所の調査報告書にあったネット・エコノミー・リサーチの文字が勘にふれたのだった。

　玉木が口元をゆがめた。

　玲人は間髪《かんはつ》を容《い》れなかった。

「岩崎はこのひと月あまり、つまり、御社を辞めた直後から消息がつかめません。彼のご両親は、警察に捜索願を提出することも検討しています」

「威しているのか」

「そうされる理由がおありなのですか」

「なにっ」

　玉木が顔を近づけた。こめかみがふくらんでいる。

「穏便に済ませるためにも、三谷さんに会わせてください」

　玉木がテーブルに視線をおとした。

　その先に、玲人の名刺がある。

「大原玲人……」

独り言のように言い、顔をあげた。

「わたしのほうも調査する必要があるようだな」

「どうぞ、ご自由に。自分に失うものはなにもありませんので」

「探偵稼業も信用が一番だろう」

「いいえ。あなたが言われた、実績がすべてです」

玉木が低く唸った。

「早急に会わせていただけるよう、お願いします」

「話してみる」

玉木が席を蹴るように立ちあがった。

玲人はわざと腰をあげなかった。

玉木が凄むように見おろした。

「ここでは迷惑だ。三谷には必ず連絡させるのでひきあげてくれ」

「では、お待ちしています」

玲人は、苦手な作り笑顔を見せた。

NERのオフィスをでたあと、おなじビルの二十七階に移った。

東洋新聞社の荒井に教えられたラウンジに入り、窓際の席に座った。

眼下に東京駅を臨める。

コーヒーをひと口飲んだところで荒井がやってきた。

「NERを訪ねたのか」

「ああ。社員のひとりに面会を求めたのだが、外出を理由にことわられた」

「妙な言い方だな。居留守を使われたと思っているのか」

「確かめようがなかった」

玲人はオフィスの内部を説明した。

「要塞《ようさい》か……まあ、想像はつく」

「なにかわかったのか」

「あの会社の秘密主義は徹底している。まず、会社のパンフレットが見あたらない。取引相手には渡しているだろうが、一般には入手しづらい。それに、インターネットでも、会社の概要や業務内容を記していなかった。五年前に設立したベンチャー企業で、社名にネットを使っているのに、ネットを活用しない……得体の知れない会社だ」

「わかったのはそれだけか」

「そう急かせるな」

荒井がコーヒーを飲み、煙草をふかしてから言葉をたした。

「おまえ、このビルの案内板を見たか」

荒井の目がきらりと光った。

「山信の名があった。しかも、NERとおなじフロアだ」

「俺を頼るまでもなさそうだな」

「勘が反応しただけのことで、事実関係はさっぱりわからん」

「よしよし。俺がレクチャーしてやる」

「NERは山信の系列会社なのか」

「別会社だ。役員名簿にも重複した名はない。だが、うちの金融部の者によれば、山信の……もっと端的に言えば、投資家の山井の影が見えると……山信とNERはおなじ時期に設立され、当初からこのビルにオフィスを構えた。つけ加えると、山信の小林《こばやし》弘明《ひろあき》社長もNERの玉木寿彦社長も、かつては山井の投資顧問会社にいた。小林は営業、玉木は情報のスペシャリストだったらしい」

「つまり、山井の投資顧問会社を分割したようなものか」

「金融部の者はそう推測しているが、実態はわからん。山井はもちろん、やつの部下もしたたかな兵《つわもの》ぞろいだ。おまえも知っているだろう。あの強面《こわもて》の地検特捜部が執拗に攻めても山井を自供に追い込めなかった。あのときは小林も玉木も事情聴取を受けたのだが、二人も仕手戦の内容や顧客に関しては堅く口をつぐんだ」

「そのときに得た顧客の信用がいまも生きているわけか」

「……………」

荒井が無言で見つめた。

玲人は顔をしかめた。荒井にはつい隙を見せてしまう。

問われる前に口をひらいた。

「高原とは別の依頼を受けて、NERを調べている」

「ふーん」

荒井の目が疑っている。

「音信不通の息子を見つけてくれと頼まれたんだ。依頼主の親の話では、息子には結婚したい女がいて、その女がNERに勤めている」

「それが事実だとしても、言い訳にしか聞こえん」

「どうして」

「女に会って息子の消息の手がかりになるものをつかみたいのなら、女の自宅を見張れば済むわけで、わざわざ会社へでむく必要はない」

「その息子もＮＥＲにいたのだが、派遣契約を延長したにもかかわらず、その二か月後に会社を辞めた。その理由を知るために会社を訪ねたのだ」

「誰からも話を聞けなかったのか」

「社長と話した」

「ほう」

荒井が目と口をまるくし、すぐに顔を突きだした。

「どんな手を使った」

「正直に話しただけさ。息子の捜索の依頼主は国交省の役人だ」

「なるほど。それなら社長が直々に応対してもおかしくないな。で、社長は、協力的に話してくれたのか」

「いや。だが、最後には女に連絡させると約束した」

「俺も引き続き、調べてやる」

「ありがたいが、それより、高原のほうはなにかわかったか」

「党を離れるかどうか、迷っているようだ」

「決断の時は迫っているだろう」

「たしかに。わが社の独自調査でも、新政党の調査でも、高原は当落線上にいる。落選と予想するマスコミもある。本人もそうとう危機感を持っているようで、新党結成に動く大物政治家や古巣の民和党の幹部とも接触しているそうだ」

「相手の名はわかるか」

「ほれ」

荒井がポケットからちいさく折り畳んだ用紙をとりだした。

「あとで書き写したら破ってくれ」

荒井は見かけとは裏腹に慎重な男で、些細なことにも神経を砕く。

玲人は用紙を開いた。

自筆で五人の名前が書いてある。

民和党の稲村将志の名を視認して元のように折った。

「このなかの誰かの世話になると読んでいるのか」

「たぶん、新党に参加するだろう」

「その理由は」

「カネよ」

荒井が躊躇なく言った。

「新党を立ちあげるにはカネがかかる。政党助成金は元日を区切りにして、一月十六日までに総務省に届け出た政党に支給されることになっているので、条件を満たした政党であっても、年内に解散が行なわれれば新党は選挙前に助成金をもらえない。そのこともあって、離党者が相次ぐ新政党は年内解散を視野に入れているのだ」

政党が助成金を受けとるには、国会議員五人以上もしくは直近二回の国政選挙で二パーセント以上の獲得票プラス国会議員ひとり以上という条件を満たす必要がある。

「負け戦を覚悟でか」

「離党者組の新党結成を阻《はば》むことで、票の割れをすこしは防げる」

「新党結成をめざす連中には高原の資金力が魅力というわけか」

「そういうことだ。選挙資金を捻出するためにパーティをやりたくても、企業の経費削減で券は捌《さば》けず、ほかの政治家も互助会をやる余裕がない」

玲人は、きのうの稲村の言葉を思いだした。

——高原とはこの二か月あまりの……それも、人を介しての縁だからね。高原がカネの使い道にこまっているそうなので、旧知の山井を紹介した——

——使い道にこまるほどのカネとはどの程度なのか……カネをカネとも思わぬ山井に会わせることで、高原の度量もふくめ、見極めてみたかった——

そのあと感想を訊ねると、話したくない、とにべもなく言い放った。

稲村が見切っても、高原の資金力をあてにする政治家がいるということか。

それにしても、という思いが声になる。

「国民に不人気の政権党とはいえ、新政党に結束力がないのはなぜだ。党を束ねる実力者がいないという理由だけとは思えん」

「とどのつまりはカネよ。新政党では党首を経験した者でさえ一匹狼になっている。少数のグループができても、それがおおきな派閥に発展しないのはリーダーにカネがないからだ。権力に寄り添う者は、権力に翳《かげ》りがさしたとたんに離れて行く」

「権力はすなわちカネ……カネの切れ目が縁の切れ目というわけか」

「他方、民和党の実力者は例外なくカネを持っている。資産家でなくても集金力がある。民和党が野党に転落してもなお一定の結束力を保てたのは派閥の領袖《りょうしゅう》がカネを持っていたからだ。餅《もち》代に氷代、パーティをやれば券を売り捌いてやる。その昔は、麻雀《マージャン》に誘ってわざと負け、百万円の束を投げるような政治家もいた」

「それが永田町でいう人情の正体か」

玲人は苦笑をこぼした。

「俺もときどき人情に預かっている」

荒井が悪戯《いたずら》っぽく肩をすぼめた。

「祝儀や車代を受けとらない記者など相手にされない」

返す言葉をさがす気にもなれなかった。

「もっとおもしろい……というか、信じられないうわさもあるぞ」

荒井の喋りが止まらなくなった。

「カネ集めに行き詰まった連中のなかには苦肉の策にでる者がいるらしい」

「なんだ、苦肉の策とは」

「国会議員の守秘義務の範疇にある情報を売る輩がいるとか」

「政治家がマスコミに売るのか」

「さすがにマスコミには売らん。そんなことがばれたらクビが飛ぶ」

「おまえたちもやってるじゃないか」

全国紙は確証のない情報やうわさの類は記事にしないので、記者のなかにはそれらを週刊誌や夕刊紙に提供したり、ペンネームを使って自分で書くこともあるという。

「俺たちに守秘義務はない。酒場で聞く政治家のオフレコ話には裏があって、大抵の場合は、政治家が外部に洩れるのを望んでいるんだ」

「もういい」

玲人はうんざりしてきた。

「俺は続けるぞ」

「はあ」

「おまえに頼まれなくても、情報売買のうわさには興味がある」

「…………」

玲人は返答しなかった。

荒井の旺盛な好奇心に呆れたわけではなかった。

永田町にまつわる情報の売買には自分も興味がある。

あるけれど、自分の任務の中身を悟られそうで口をつぐんだのだった。

東京駅前のホテルの喫茶室に入ると、まっすぐ奥の席へむかった。

写真で確認するまでもなかった。

NERの三谷千尋は、濃紺にグレイのピンストライプのスーツを着ていた。淡いオレンジのシャツの胸元でネックレスのダイヤモンドが光っている。

なにか思案しているのか、左手を頬にあて、瞳が端に寄っていた。

切れあがったアーモンド形の目も、薄いくちびるも気性の強さを窺《うかが》わせる。

玲人は、時刻を確認した。

約束の午後六時半になるところだ。

「お待たせしました。大原です」

「どうぞ」

千尋は腰をあげるそぶりも見せず、名乗りもせず、手のひらで席を勧めた。

玲人は正面に座った。

「さっそくお時間を割いていただき、ありがとうございます」

「社長の命令です。しかし、お話は短く願います。七時に約束がありますので」

「わかりました」

玲人は、ウエイトレスにコーヒーを注文し、千尋に視線を据えた。

千尋も観察するようなまなざしを見せた。

「このことは岩崎洋介に話されましたか」

「いいえ」

「なぜですか」

「必要がないからです」

「彼とは会われているのでしょう」

「いいえ」

「最後に会われたのはいつですか」

「忘れました」

どの質問にも、千尋は即座に、それも淡々と応えた。

制限時間までこの問答が続くのかな。

ふとそう思い、苦笑が洩れかけた。

「結婚の約束をされたのでしょう」

「そんな約束はした覚えがありません」

「しかし、岩崎の実家へ行き、ご両親に挨拶された」

「洋介君に頼まれたのです。両親に子離れをさせたいと」

「つまり、結婚する意思はなかった……交際もなかったと言われるのですか」

「いいえ。あのときは彼氏でした」

「別れたのですか」

「そう。洋介君の実家へ行ってまもなく、わたしのほうから別れ話をしました」

「どうして」

「お応えする必要はないと思います」

「岩崎の実家に行った時点で、結婚する意思がなかったというより、別れる決意をされていたようですね」

「決意……」

千尋が嘲《あざけ》るように薄く笑った。

「おかしいですか」

「男と女がくっついたり離れたりするのは、はずみのようなもので、決意なんて……」

「あなたは、岩崎のご両親に自分の身上も、いまの仕事の話もされなかった」

「そう。でも、それは結婚をしたくなかったからではなく、彼との別れを決めていたからでもありません」

「では、なぜ話されなかったのですか」

「親は関係ないでしょう」

つめたい口調だった。

玲人は初めて千尋の感情にふれたような気がした。

目黒探偵事務所が調べた彼女の出自と経歴を思いだした。

千尋は、愛媛県の、瀬戸内海の小島に生まれ育った。

産声《うぶごえ》をあげたときから父無し子だったという。

中学を卒業すると海産物の加工会社で働く母親の下を離れ、遠戚を頼って上京し、都立高校に進学した。学業の成績はよかったが、素行が悪く、仲間とつるんで他校の女子高校生を暴行、恐喝し、警察に補導された。そのことで親戚の家を追いだされ、以降の一年間の経歴は不明になっているが、二年後に受験資格をとり、私立大学に入学した。入学金や学費をどう工面したかも不明と記してある。

保険会社に三年間勤めたのち、設立三年目のＮＥＲに移った。調査によると、保険会社での業務評価が高く、ヘッドハンティングされたとのうわさがあるらしい。

現在は豊島区目白のマンションで、心臓に疾患を持つ母親と五歳の娘と三人で暮らしており、戸籍に娘の父親の氏名は記されていないという。

そういう環境が岩崎三郎の怒りの要因になったのではないかとも推測したが、そのことにはあえてふれなかったし、岩崎も口にしなかった。

ＮＥＲの玉木社長とのやりとりがうかんだ。

――やり手のキャリアウーマンというわけですか――

――そうなるね――

――当然、上昇志向も強いのでしょうね――

――実績主義の会社を望む者は独立心が旺盛なのです――

――そんな人が、六歳年下の、契約社員を恋愛相手にするものでしょうか――

あのときの最後の質問を千尋にもぶつけてみたくなった。

「岩崎に惹かれた理由を教えてもらえませんか」

「どうしてそんなことを」

「失礼ながら、あなたの経歴を調べました。大変な苦労をされたと……」

「やめて」

千尋が声を荒らげた。

「赤の他人のあなたに、わたしのなにがわかるの。家庭環境や経歴なんかで他人を判断するのは失礼……いえ、非礼よ。洋介君の両親もひとり息子の性格すらわかってなかった。だからわたしは、自分のことを話さなかったの。そんな人にわたしの生い立ちや経歴を話せばどう反応するか……想像するまでもないわ」

「あやまります」

玲人は頭をさげた。

「もういいかしら」

玲人は、頭をあげる前に腕時計を見た。二十分が過ぎている。

「あと五分つき合ってください」

「まだ用があるの」

「岩崎と連絡がとれません。アパートにも帰っていないようです」

「そんなこと言われても……」

「NERを退職した理由をご存知ですか。玉木社長の話では、一身上の都合だとか……その二か月前に雇用契約を延長したのだから、会社も岩崎も不満はなかったと思われるのに……あなたとのことで会社にいづらくなったのでしょうか」

「そんな邪推も迷惑よ。洋介君が辞めたときはわたしもおどろいた。でも、退職の理由を訊こうとは思わなかったし……そもそも、わたしは他人の意志に口をはさまないの」

「ということは、いま彼がなにをしているのかわからない」

「ええ」

「彼の夢を聞いたことはありますか」

「いずれは独立すると言っていた。でも、そんなのはうちの社員に共通した夢よ。歴史のないベンチャー企業で働く者の精神的な支えね」

「あなたも」

「どうでしょう」

「岩崎はケータイの番号を変えたようですが、新しいのはご存じないですか」

「知りません」

「彼の友人とか、立ち寄りそうな場所はどうです」

千尋が首をふった。

もううんざりというような表情だった。

玲人は諦めた。

「ありがとうございました。またお訊ねしたいことがあるかもしれません。よろしければケータイの番号かメールアドレスを教えていただけませんか」

「おことわりします。どうしてもの場合は会社に伝言を残してください」

言いおえるや立ちあがった。

玲人は残って、千尋とのやりとりを反芻《はんすう》した。

6

日曜の朝、玲人は縁側に座ってぼうっとしていた。

眠れないほど迷い、熟考した翌朝でもめざめたときは頭が空っぽになっている。

朝起きてなにかをやるという意識が希薄になっているのだ。

洗顔や朝食や身支度など、あたりまえの習慣が身体から削げおちてしまった。

探偵稼業はぽつぽつとしか依頼がなく、内閣官房からの指令も二か月に一度ある程度なので、毎日を無為に過ごしているようなものだった。

警視庁の官舎は眠るためだけの部屋で、とくに警護課に在任中は一日に五時間いればましなほうで仮眠室のようなものだった。

勤務時間はあってないようなもので、当然のごとく頭が空になることはなかった。

いまはそういう日常がすっぽりぬけおちた状態といえる。

玲人は、庭のあちこちを眺め、思いだしたようにペットボトルの水を飲む。

そうしているうちに身体がめざめ、頭が動き始めるのも常である。

前田和也審議官の指令を受けて一週間が過ぎた。

先週末、厚労省副大臣の高原勝久は依子夫人を伴って地元の名古屋市に帰った。

この二か月あまり、衆議院議員の大半は頻繁に選挙地へ足を運んでいるという。

国政選挙が近づけば皆が票固めに走るのはあたりまえのことだが、今回は劣勢が伝えられる政権党の新政党の議員も、与党返り咲きを狙う民和党の議員も、票の獲得へむけてなりふり構わずらしい。あせっているのが閣僚たちで、国政を預かる身として自由が利かず、週末だけが地元にへばりつける唯一の機会なのだが、それも閣僚全員が永田町を留守にするわけにはいかないので、調整に腐心していると聞く。

きのうの夜、玲人は、竹内小太郎と松尾莉子を自宅に呼んだ。

先の一週間の成果をまとめ、残り一週間の活動を明確にするのが目的だった。

己の任務は、内閣が進める政策に関する情報の漏洩疑惑の解明と、大手医療機器メーカー二社の株価急落の背景をさぐることである。

ただし、それが前田の真意なのか否かはわからない。

前田が警視庁公安部公安総務課に八名の閣僚への内偵捜査を指示した理由を訊いたときの返答が頭の片隅に残っている。

――連中は離党予備軍だ。予備軍はほかにもいるが、あの連中は……許せん――

そう言ったにもかかわらず、自分への指令は高原ひとりで、そのあとの話は彼のインサイダー疑惑に集中した。

前田の真意に神経がむきかけるたびに、頭をふって追い払っている。

指令に従う。

それしきのことである。

きのうの作戦会議で高原夫妻への監視および調査は放棄することにした。

残り一週間でやれることにはかぎりがある。

極秘任務なので調査対象者との接触はもちろんできないし、彼らの身辺調査も慎重にならざるをえない。

――この件にＣＩＲＯはいっさいかかわっていない――

――いまの政権に信頼できる身内はいない――

――念を押すまでもないだろうが、今回の件では古巣を頼るな。君のかつての同僚も使ってはいけない――

前田の言葉は肝《きも》に銘《めい》じてある。

前田は官邸内の情報が洩れていることに危機感を募らせているのだ。

それでなくとも、新政党政権になって以降、官邸で進められる人事案件や政策事案がマスコミに洩れるという不祥事がしばしばおこり、そのたびに、一部のマスコミや野党は官邸の情報管理のあまさを指弾している。

玲人は、情報の漏洩疑惑は脇に置き、株のインサイダー疑惑に的を絞った。

それでも標的にする人物が四名もいる。

高原依子と接点のあるリッチ証券の加藤春香、投資家の山井達郎、彼の息のかかる山信の小林弘明社長とNERの玉木寿彦社長である。

ほかに金融にかかわる者として、NERを知るきっかけとなった岩崎洋介と三谷千尋も調査の対象になる。

加えて、情報漏洩に関しては高原と肉体関係を持つ和田亮子も無視できなかった。

小太郎にはNERの千尋を監視させることにした。

——親は関係ないでしょう——

千尋の突き放したようなもの言いに己の勘が反応した。

——赤の他人のあなたに、わたしのなにがわかるの。家庭環境や経歴なんかで他人を判断するのは失礼……いえ、非礼よ。洋介君の両親もひとり息子の性格すらわかってなかった。だからわたしは、自分のことを話さなかったの——

自分は実の親よりも洋介のことをよく知っている。

そう断言するような表情と言葉だった。

二人は別れていないのではないか。

あのとき、そう感じた。

別れていなければ、自分が接触したことで千尋は洋介に会うだろうと推察した。

千尋を監視することでＮＥＲの内情にふれることができるかもしれない。

そんな淡い期待も抱いた。

莉子には春香と亮子を追尾させた。

こちらは明確な意図や目的があるわけではなかった。

そもそも莉子に多くの成果を望んではいない。

公安総務課で内偵捜査を得意とする小太郎とは違い、ＣＩＲＯ国内部でデスクワークをしている莉子は屋外での活動に不慣れである。

これまでの事案では、小太郎を調査対象者の監視、莉子を情報収集と、分担させていたのだが、今回は前田審議官の意向があるので莉子に得意分野をまかせられない。

情報収集と分析は自分の役目と決めている。

「おーい」

秋の澄んだ空気がおどろくような大声が聞こえた。

隣人の藤本栄蔵が庭から声を放ったのだ。

「玲人さん、いるかい」

「いますよ」

玲人もつられて声がおおきくなった。

「どうだい。昼飯前のひと勝負てのは」

「いいですね」

言ったあとで首をかしげた。

いいのか、ほんとうに。

頭のどこかで声がした。

それを無視した。

日曜の、それも朝なのだ。

そう思ったとたん、腹の虫が鳴いた。

午前九時である。

「ねえ、玲人さん」

今度は栄蔵の女房の声だった。

「はい」

「あんた、朝ご飯は食べたの」

「お願いします」

玲人は即座に返した。

「ほれ、みなさい」

女房の自慢そうな声がしたときはもう腰をあげていた。


「めずらしいですね」

いきなり、栄和証券の吉永学が言った。

先日とおなじ喫茶店のおなじ席に座ったところである。

玲人が首をかしげると、吉永がほほえんだ。

「お仕事がはかどらないのですか」

「そんなところです。金融関係にはうとくて……ご迷惑をかけます」

「いいんですよ。一秒、一瞬が勝負の明暗を分ける部署ではありませんから」

「一瞬……ですか」

「株を筆頭に、証券取引はまさしくギャンブルなので、トレーダーは緊迫した状況になるとトイレにも行けず、男でも膀胱炎《ぼうこうえん》になるようです」

「彼らを支えているのがあなた方の的確な情報分析でしょう」

「的確かどうか……情報を精査し、分析しても、どう結果に結びつけるかは……わたしらも最後は経験と勘に頼ります」

「営業で結果を残し続けるのも至難の業ですか」

吉永がにんまりした。

玲人は苦笑を返した。

「ご推察のとおり、リッチ証券の加藤春香がますます気になってきました」

きょうの吉永は店内に目をむけていない。

月曜の午前十一時を過ぎたところで、客は離れたカウンターにひとりきりである。

「連戦連勝の営業マンなんて存在しません。世界には名の知られた投資家がいますが、彼らだって例外ではありません」

「顧客やスポンサーに大損させれば名も消えるでしょう」

「そうとはかぎりませんね。要はインパクトというのか……十回勝負して一回しか勝てなくても……その一回の大勝負に顧客が痺《しび》れ、熱烈な信者になることもあります」

「彼女は勝負師なのですか」

「そういう一面もあるかも……」

吉永が声を切り、コーヒーを飲んで言葉をたした。

「でも、彼女への高い評価……というか、財産は人脈でしょうね」

とっさに山井達郎の名がうかんだ。

吉永がファックスでくれた資料を思いだしたからだ。

金融業界に無知なせいもあるだろう。

吉永が顔の前で手のひらをふった。

どうやら、玲人の頭のなかが見えるらしい。

これまでも体験しているが、吉永はすこぶる勘が働く。

「特定の人物というわけではなく、いろんな業界に人脈を持っていると……先日お送りした資料に書いたとおり、どの人物とどの程度の縁なのかはわかりません。が、この業界は口コミの世界でして……あの営業マンは誰それと誰それを顧客にしていると……そんなうわさがひろがればひろがるほど、実績として積みかさなっていくのです」

「顧客はうわさの真偽を確かめないのですか」

「確かめようがありません。簡単に確かめられるようでは顧客の信用を得られません」

「なるほど」

玲人は素直に納得した。それでも、あらたな疑念がめばえた。

「真偽はともかくとして、うわさの始まりとか……根っこはあるでしょう。たとえば政界人脈を作る礎《いしずえ》になった人物がいるとか」

「そうかもしれませんが、わたしにはわかりません。兜町に長く生きていると、真実と虚構がごちゃまぜになって、自分のことさえ疑りたくなります」

玲人は思わず、それは自分も、と言いそうになった。

己の立ち位置など斟酌したことはないけれど、ごく稀に濃霧に包まれて立っているような錯覚に陥《おちい》り、そんなときは自分の正体すら見失いそうになる。

「さっき……」

声がして、逸れかけた意識を戻した。

「わたしが彼女の財産は人脈と言ったとき、山井がうかんだのでしょう」

「ええ」

「彼女と山井がどの程度の縁なのか知りませんが、彼女の人脈として山井の名があるのは事実で、それが顧客の信用につながっている可能性は否定しません」

「顧客が勝手に、山井が彼女の指南役だと思っているという意味ですか」

「そこまでは思いもしませんでしたが、それもゼロとは言い切れません」

吉永がなにかを思ったように頭を掻き、言葉をたした。

「わたしはなにを喋っているのでしょうね。それほど、魑魅魍魎《ちみもうりょう》の世界なのです」

玲人はかるく目をつむった。

このまま春香の話を続ければ、とりとめがつかなくなりそうな気がしてきた。

吉永も間を空けたかったのか、煙草をくわえた。

玲人は一本ねだった。

唐突に煙をほしくなったのだが、そのこと自体にためらいはなかった。

そのうち喫いだすだろうという、そのうちが来たまでのことだ。

なれないメンソールが頭を刺激した。

「ところで、NERという会社をご存知ですか」

「知っています」

よどみない口調だったが、表情にわずかな翳りが見えた。

ふれたくない話題なのか。

そう思ってもやめるわけにはいかない。

きょう面談を求めた最大の理由なのだ。

玲人は煙草を消し、吉永を見つめた。

「業務内容を知っていますか」

「応える前にお訊ねしたい。どうしてNERのことを……医療機器メーカーの株価急落の件にあの会社がかかわっているのですか」

「わかりません。別の案件でNERを調べるはめになり、山井のかつての部下が経営していると知り、興味を覚えたところです」

玲人は精一杯の誠意をこめた。吉永に探偵稼業のことは話していない。

「そうですか……」

吉永が小声で言い、短く息をついた。

「あの会社のことはよくわからないのです。五年前になりますか……あなたが言われたように、山井の部下の玉木寿彦が設立した会社ということで兜町のうわさになり、ちょうどそのころ、わたしがいまの部署に移って……そうなると、ライバルみたいなもので……調べてみたのですが、情報管理が徹底していて、なにもつかめませんでした」

吉永にしては歯切れが悪かった。

玲人は、東洋新聞社の荒井康太の話を思いだした。

――あの会社の秘密主義は徹底している。まず、会社のパンフレットが見あたらない。取引相手には渡しているだろうが、一般には入手しづらい。それに、インターネットでも、会社の概要や業務内容を記していなかった。五年前に設立したベンチャー企業で、社名にネットを使っているのに、ネットを活用しない……得体の知れない会社だ——

その道のプロの吉永が調査してもわからなかったのか。

そう思うと、気分が重くなった。

これから先の攻め処のひとつになると予期していたのだ。

しかし、へこんではいられない。

気分を変えるためにも、吉永のプロ意識を刺激したくなった。

「山井の投資顧問会社にいたころの玉木は情報のスペシャリストだったそうですね」

吉永が眉根を寄せた。

「わたしをあおっているのですか」

「そうです」

玲人は応えたあとで、やわらかく笑った。

吉永が気をとり直すかのようにちいさく唸った。

玲人は畳みかけた。

「おなじビルのおなじフロアに、あなたに聞いた山信がありました」

「行かれたのですか」

吉永の顔から翳が消えた。

「先ほど話した別件ですが、ＮＥＲの社員に会う必要がありましてね」

「どんな雰囲気でしたか」

吉永が早口で言った。興味をそそられたらしい。

「オフィスは見ていません。見せてはくれませんでした」

玲人は、ＮＥＲで見た風景をそのまま話した。

「そこまで……いや、納得です。わたしの知るかぎり、兜町の同業でＮＥＲの実態を知る者はいないと思います」

――金融部の者はそう推測しているが、実態はわからん――

荒井の言葉とかさなり、また気分が滅入りそうになった。

「もう一度、本腰を入れて調べてみます」

吉永がきっぱりと言った。

「むりはなさらないでください」

「あなたの依頼だからというわけではないのです」

吉永がまばたきしてから話を続けた。

「じつは、投資家筋を中心に、ＮＥＲの顧客が増えているようです」

「先ほど、ＮＥＲの実態はわからないと……」

「営業サイドからの指摘です。彼らの顧客が奪われています」

「山信に……ですか」

「ええ」

「つまり、兜町の人たちは山信とNERはひとつ身だと思っている」

「そういうことです」

「山信のほうの情報管理はどうなのですか」

「NERと同様に徹底しています。しかし、企業の実績は隠すことができません。設立当初はめだつほどではなかったのですが、四年前のリーマンショックのさいもあの会社は堅調で……それが投資家筋に評価されたのか、以降は企業や個人投資家にも人気がでて、取引高は年々上昇しています」

「それは気になりますね」

「ええ。長引くデフレと政治の混迷で株式市場も冷え込んでいるさなかなのでよけいに……営業からは、なにをやっているのだと文句を言われる毎日です」

吉永が自嘲のような笑みをうかべた。

玲人はなにも言えず、吉永の口元を見ていた。

会うたびに前田審議官の顔つきが険しさを増しているように思う。

——一時半までなら何とか都合がつく——

吉永と別れた直後にかけた電話で、前田はそう言った。

もの言いにも余裕はなさそうに感じた。

それが玲人の気をさらに急かせた。吉永と話しているうちに胸裡《きょうり》に不安の気配がひろがり、それが前田への面談につながったのである。

情報の収集だけで一週間がおわってしまうのではないか。

NERの情報に関して、栄和証券の吉永は、よくわからない、と言い、東洋新聞社の荒井は、得体の知れない会社、と表現した。

吉永も荒井も調査の継続を口にしたが、どれほどの期待が持てるのか。ましで、自分でどこまでNERの暗部に迫れるのか。

まったくと言えるほど自信がない。

そもそもNERがインサイダー疑惑に関与したという推論の下に行動しているのだ。

小太郎や莉子への期待も胸裡の不安をとりのぞけるほどのものではなかった。

不安は苛立ちともどかしさを募らせた。

前田は永田町のザ・キャピトルホテル東急の喫茶室で待っていた。

兜町からタクシーに乗ってきたのだが、許された時間はあと三十五分である。

「どうした」

座るなり、前田に声をかけられた。

「君が追い詰められたような顔を見せるなんて、めずらしい」

前田が心配そうな顔を見せた。

審議官のほうはどうなのですか。

そう言い返す余裕も度胸もなかった。

前田が表情を引き締める。

「急な面談とは……なにかつかめたのか」

「いいえ。なにも……それでご相談したくてむりをお願いしました」

「相談とはなんだ」

「審議官の真意をお聞かせください」

「ん」

前田の眉間《みけん》に深い皺ができた。

玲人は言葉をたした。

「高原副大臣が医療分野の規制緩和政策に関する情報を外部に洩らしたのかどうかをあき

らかにしたいのですか。それとも、ほかの思惑がおありなのですか」

「ほかの思惑とはなにかね」

「野党やマスコミから指摘されているように、官邸情報の漏洩を危惧され、副大臣への疑惑の解明を端緒にして、官邸内の情報管理を強化するとか」

「そんなことはとっくの昔からやっている」

前田が吐き捨てるように言った。

「しかし、どう対策を講じても効果がなかった。新政党は情報公開をマニフェストのひとつに掲げ、開かれた官邸をめざした。それが結果として裏目にでた。わたしだけでなく、官邸の事務方は幾度となく、官邸への人の出入りを制限するよう提言したのだが、先生方は国民との約束を盾《たて》に聞き容れなかった」

その話は耳にしている。

玲人は質問を変えた。

「副大臣への疑惑を解明できたとして、そのあとどう対応されるのですか」

「聞いてどうする。わたしの返答次第で、任務をおりる気なのか」

「そんなつもりはありません」

玲人はきっぱりと応えた。

「正直に申しあげて苦戦しています。三人で二週間……むずかしい任務なのは端から承知していますが、調査の対象を絞り込んでもなお、解明の糸口さえ見えません」

「どう絞り込んだ」

「インサイダー疑惑の一点に……副大臣と接点のある、もしくは、接点があると思われる金融関係者を調べています」

「それでいいではないか」

「ほんとうによろしいのですね」

「どういう意味だ」

「方向性が正しいのかどうか、自信がなくてお訊ねしたのです。他意はありません」

「インサイダー取引が行なわれたかどうかがあきらかになれば、すなわち、情報漏洩疑惑の解明にもつながる。そうだろう」

「自分はそう信じています。ですが、先ほども申しあげましたように、金融業界は情報管理が徹底しており、解明のきっかけとなる手がかりさえつかめません」

「泣き言を聞くために貴重な時間を割いたのではない」

　前田が声に不快感をにじませた。

　玲人は怯《ひる》まなかった。泣き言を言うために面談を求めたのではないのだ。

「ご相談……いえ、お願いがあります」

「なんだ」

「副大臣の周辺にいる人物との接触を許可してください」

「なるほど。最初の質問の意図はそこにあったのか」

「はい。身辺者との接触は副大臣の耳に入るというリスクを伴います。審議官が、副大臣への対応を考えておられるのであれば……」

「そんなことは気にするな」

前田が強い口調でさえぎった。

「わたしが君の報告書を提出したところで、官邸は対応のしようがないだろう」

「近々に衆議院の解散があるからですか」

「そうだ」

「それならどうして期限つきの指示を命じられたのですか」

「君が結果をだして、それがむだになるということはない」

「おっしゃる意味がよくわかりません」

「君の報告を受けて、判断することがある」

「それは副大臣に関してということですか」

「応えられない。わたしが話せるのはここまでだ」

「審議官は官邸内の情報が漏洩していると確信されたうえで、わたしに指示された……そう受けとってよろしいのですね」

「かまわん」

「わかりました。残り六日間、全力で任務を遂行します」

「期待する」

前田は立ちあがるや、脇目もふらず足早に去った。


玲人は、ビルの窓からこぼれる灯を頼りに写真を見た。

目の前をショートヘアの女が通り過ぎていく。

すました感じの横顔を見てうなずいた。写真は長髪だが、同一人物と思った。

女は平河町のビルから麴町《こうじまち》四丁目のほうへむかっている。

すっかり闇に包まれた紀尾井町の街を歩く人はまばらだ。

玲人は、女を追い越したところで足を止め、ふりむいた。

「失礼ですが、高原勝久事務所の和田亮子さんですね」

女が立ち止まり、さぐるような目つきをした。

人懐こそうな丸顔で、美形というよりかわいい感じだが、おおきな目は意志の強さを表すように強い光を宿している。

「あなたはどなたですか」

力強い声だった。

玲人は、肩書きのないほうの名刺を手にした。

「探偵の大原と申します」

「探偵……」

亮子は名刺をちらっと見ただけで手にしなかった。

「高原副大臣とのことでお話があります」

「………」

眼光が増し、表情が強張った。

玲人は間を空けなかった。

「お時間をいただけなければ、あすの昼間にでも事務所を訪ねることになります」

「威しているの」

「ご判断は自由です」

しばらし睨み合ったあと、亮子が仕方ないというふうに、顔を左右にふった。

「ちょっと待ってください」

亮子が傍らのビルに近づき、玲人に背をむけて携帯電話を手にした。

玲人は、その背を見つめながら、昨夜の莉子との電話でのやりとりを反芻した。

午後十時過ぎのことである。
玲人は自宅で東洋新聞社の荒井からのメールを読んでいた。金融コンサルティング会社の山信と、市場調査会社のNERに関する資料だった。
《たったいま、和田亮子が渋谷円山町《まるやまちょう》のラブホテルに入りました》
感情を嚙み殺したようでも、声はうわずっていた。
「相手は高原か」
《違います。三十代の、普通の男に見えました》
「雰囲気はどうだった」
《恋人どうしのような……わたしはけさから亮子のマンションに張りついていまして……彼女は六時半にイタリア料理店で男と会い、二時間後には渋谷の道玄坂《どうげんざか》のショットバーに移って小一時間を過ごし……腕を絡めてラブホテルへ……》
「男の顔は撮れたか」

《はい。鮮明とはいきませんが》
「それを小太郎のケータイに送信しろ」
《そちらはいいのですか》
「小太郎にクリアな画像を送らせる」
《わたしはどうすればいいですか》
「日曜の夜だ。政治家の事務所の月曜はあわただしいと聞いている。それに、普通の男に見えるのなら定職を持っているだろう」
《つまり、ホテルに泊まらない》
「その可能性が高いと思う。しかし、寒空に二、三時間待つことになるかも……ホテル近くの路上に車を停めるスペースはあるか」
《はい》
「小太郎に車でむかわせる」
《ご配慮、ありがとうございます》
「二人があらわれたら、小太郎に男のほうを尾行させろ」
けさ小太郎から電話で報告を受け、亮子に会うことを決意したのだった。

喫茶店の席に座ると、亮子は足を組み、煙草を指にはさんだ。

ふてぶてしい態度には見えず、どちらかといえばそんな仕種が様になっていた。政治家をめざしているという資料の文言が記憶にあるせいか。

どうであれ、玲人は相手を観察しても、それによって他人の評価はしないし、相手の言葉遣いや態度で感情が一定方向に傾くこともない。

人づき合いが苦手なので、誰とでも距離を置いているからだ。そうすることが精神的に楽でもあるし、だが逆に、稀なことだが、もどかしく思うときもある。

閉店時刻が近いのか、客はカウンターにひとりいるだけだった。

二人ともコーヒーを注文したあと、玲人は亮子を見据えた。

「高原副大臣とはどういう関係なのですか」

「知っているからわたしに近づいたのでしょう」

「そういう関係であるのを認められるのですね」

「ノーコメントよ」

亮子が強い口調で言い、紫煙をふかして言葉をたした。

「あなたがどなたに報告しようと勝手だけど、わたしは言質《げんち》をとられないわ」

「さすが、政治家をめざされているだけのことはありますね」

「よく調べてるのね」

「それが仕事です」

「探偵が調査の対象者に直接会うなんて……そんなことがあるの」

「例外ですが……必要とあれば何でもします」

「会ってどうするつもり……調べて、尾行して……それだけではたりないの」

「相手が相手です。へたをすれば、あなたの夢が吹っ飛ぶかもしれない。そんなリスクをおかしてまでどうしてつき合っているのですか」

「………」

亮子がくちびるをとがらせ、そっぽをむいた。

「私設秘書のおとうさんは、もちろん、ご存知ないですよね」

「………」

「昨夜の彼氏はどうです」

亮子が視線を戻した。それでも無言をとおした。

「彼氏のことも調査しました。あなたとは大学の同級生で、大手銀行に勤めておられる。三年前の同窓会で親しくなったそうですね」

「そんなことまで……」

「結婚の約束もされているとか」

「誰に聞いたの」

亮子が声を荒らげた。

「結婚前の調査という名目で、彼の身近な人たちから話を聞きました」

小太郎は、亮子とホテルをでてきた男を追尾し、彼の自宅近くに停めた車のなかで朝を迎え、彼が出勤したあとで彼に関する情報を集めたという。

そういう不規則、不健康な任務に慣れているのだ。

「だれ……奥様に依頼されたの」

「お応えできません」

「あなたは当然、彼の詳細も報告する」

「こまりますか」

「ちょっとね」

亮子が薄く笑った。

「自分は事実を報告しますが、そのあと依頼主がどうされようと関知しません」

亮子が煙を飛ばし、煙草を灰皿に潰した。

「なにがめあてなの」

「どういう意味でしょう」

「取引する余地がありそうに思うからよ」

「取引というのが適切かどうかはともかく、自分の質問にお応え願えれば、あなたの要望を聞くことは可能です」

「ずいぶん曖昧な言い方ね。でも、まあいいわ。質問をどうぞ」

「もう一度お訊ねします。高原とつき合う動機は何ですか」

「先生の選挙地盤よ」

「副大臣は引退後の禅譲を約束されたのですか」

「ことわっておくけど、それを餌に釣られたわけではないわ」

「あなたのほうから……」

「成り行きね」

亮子がさらりと言った。

「先生が北海道の議員のパーティに招かれて同行したの。そのときやさしくされて……どういうことではないんだけど、女の心の隙に沁みる……そんなやさしさってあるのよ。それから半年ほど経って、先生のほうから跡を継ぐ気はあるかと訊かれたわ」

「政治家をめざすあなたにはことわる理由がない」

亮子が首をふった。

「父は名古屋の出身だけど、わたしは東京の生まれで、いずれは東京の選挙区から立候補したいと思っていた。でも先生は、父にも……もちろん、関係は伏せてだけど……わたしに名古屋の地盤を継がせたいと言ったの」

玲人は真に受けた。高原には二人の息子がいるが、新政党は規約で議員の世襲を禁じている。せっかく築きあげた選挙地盤を赤の他人に奪われるくらいなら、身近にいる者に継がそうと思うのが人情で、しかも、亮子とは他人とはいえない関係にある。

「それだけですか」

「えっ」

「動機の話です」

「ほかになにがあるって言うの」

「副大臣は株に目がないそうですね」

「それがわたしのことにどう結びつくの」

「あなたも株をやられていますか」

「いいえ。賭け事には興味ないの」

「副大臣は身内の名義を使って株をやっておられるようですが……」

「そんなこと、知らないわよ」

亮子が不快そうに言った。

「いったい、あなたはなにを調べているの」

「その質問にはお応えできません」

玲人は口調を強め、間を空けずに言葉をたした。

「株をやっていないばかりか、名義を貸してもいない……間違いありませんね」

「くどいわ」

「事務所で株にかかわっている人はいますか」

「さあ」

とぼけているのか、知らないのか、判断がつきかねた。

しかし、亮子への関心は薄れつつある。

亮子が顔を近づけた。

「わたしは正直に話した。取引は成立よね」

「彼氏のことは報告しません」

「そっちはどうでもいいけど、先生とわたしのことは伏せて」

玲人は目をまるくした。

自分が高原夫人の依頼で調査していると勘違いしているのは理解できる。そのことではなく、亮子の打算におどろいたのだった。亮子にとっては、彼氏との愛よりも、将来の夢が大事なのだ。おどろきながらも、頭に打算がひらめいた。

「それは虫がよすぎませんか」

「そうかもね」

亮子が目元に笑みを走らせた。

想定内のことか。

玲人はそう感じたが、そんなことは任務に関係ない。

「では、ひとつお願いがあります」

「どうぞ」

亮子が即座に返し、まるみのある顎をあげた。

最初に見たすまし顔に戻った。

7

東洋新聞社の荒井と会う約束をすると、決まって邪魔が入る。

玲人に邪魔が入らなくても、荒井に急用ができる。

荒井は唯ひとりともいえる友なのに無沙汰にする期間が長く、何か月かぶりに思いだしては声をかけ合う仲である。それでも約束を中止や延期にすることが多かった。

だから、メールの着信音が鳴ったとき、とっさに予定変更かと思った。

けれども、そんなことで怒ったり、落胆したりはしない。人づき合いが苦手というより人嫌いに近く、そんな者が何事も思いどおり、予定どおりにいくわけがないのだ。

玲人は、そんなものだと割り切るのではなく、そのまま受け容れている。

——高原夫人とリッチ証券の加藤春香が銀座のレストランに入りました——

銀座の文字を見て、近いなと思ったのもそんな性格ゆえだろう。

ちょうど東京駅でJRから地下鉄に乗り換える途中で、玲人は踵を返して八重洲中央口の改札をぬけ、タクシーに乗ったのだった。

銀座五丁目のイタリア料理店は空席がめだった。

お昼の書き入れ時のピークを過ぎたせいか、不景気な時勢に高めのランチは敬遠されているのか、勤め人らしき者の姿はなく、中年の女連れがほとんどである。

それなのに、莉子は入口に近い壁際の席で待っていた。

玲人が座ると、窓のほうに顔をむけた。

「左端の二人です」

高原依子はレモンイエローの、春香は紺のスーツを着ていた。

二人とも笑顔だった。

玲人はすぐに視線を戻した。

「ここに来て何分になる」

莉子が腕時計を見た。

「十三分です」

「昼飯は」

「まだです」

「俺もだ。ここで済まそう」

莉子の表情が弛んだ。

ランチを注文したあと、莉子が訊いた。

「どうして来られたのですか」

「春香を見たかった」

「それだけですか」

「ああ」

「きのうの電話で、あすからは高原夫人ひとりを監視しろと言われましたが、高原事務所の和田亮子はどうされるのですか」

「監視する必要がなくなった」

「情報漏洩の疑惑が晴れたという意味ですか」

「そんなところだ」

莉子が頬をふくらませた。

「なにか不満でもあるのか」

「あります」

「なんだ。言ってみろ」

「わたしは……玲人さんの単なる手足ですか」

「そうだ」

玲人はあっさり応えた。

莉子が睨んだ。怒るというより、なにかを訴えるような目つきだった。

「俺たちの仕事はそんなもんだろう。おまえや小太郎の本職とおなじで、俺の任務もむだ口は必要ないと思うが」

「任務の背景や指示の理由もむだなのですか」

「必要なことは話しているつもりだ」

「でも、質問は受けつけない……」

莉子が声を切り、だが、すぐに言葉をたした。

「伯父《おじ》のせいですか」

「はあ」

「わたしが、あなたの上司の姪だから……」

「そう受けとってもかまわん」

つい、ぞんざいなもの言いになった。

事実のようで、異なる。

玲人は、前田にも莉子にも気心を許していない。それは小太郎にもおなじである。世話になった民和党の稲村とも、栄和証券の吉永らの情報屋とも距離を置いている。自宅の隣人たちに対しても同様である。

しかし、前田と莉子をおなじ距離の、おなじ位置においているわけではない。ましてや二人がおなじ穴のムジナと思っているわけでもない。

「わたし、伯父のスパイではありません」

莉子の声に怒気がまじった。見開いた目がきらりと光った。

突然、前田とのやりとりがうかんだ。

——諦めさせるしかないようだな——

——誰に、なにを諦めさせるのですか——

——莉子だよ——

——はあ——

——君は鈍いね。仕事はカミソリのように切れるのに——

すっかり忘れていたことを思いだし、ばつが悪くなった。

視線を逸らそうとして、首だけが傾いた。

そこへ上品に盛りつけられた前菜が運ばれてきた。

おかげで息がつけた。

ヒラメの香草焼きを食べおわるころには莉子の表情がやわらかくなった。

窓際の席も食事が続いている。

莉子がナイフとフォークを置き、ハーブティを飲んだ。

「依子は自宅からまっすぐ銀座へ来たのか」

「いいえ。八時前に、高原と一緒に車で事務所へむかいました。高原は十五分ほどで秘書を伴ってでかけたのですが、夫人はずっと事務所にいました」

「来客があったのか」

「客かどうかはわかりませんが、三十分おきに人が入っていました」

「選挙が近いからだろう」

「わたしもそう思いました。でも、びっくりします」

「ん」

「事務所をでてから車に乗るまで、事務所の人を怒鳴っていたのに、銀座での顔はまるで別人……あの人たちにはおカネ儲けが一番なのですね」

玲人は黙ってうなずいた。

ここへ来て依子を見たとき、似たような感想を持った。

選挙を間近にするあわただしい時期に、しかも、マスコミの世論調査で高原の不利が伝えられているさなかに、証券会社の営業員と笑顔で会食する心理が解せなかった。

高原の資金は潤沢と聞いているので、選挙資金を捻出するために株の売却の相談をしているとは思えないし、遠目にもそんな雰囲気でないのはあきらかである。

「夫人なのでしょうか」

「情報の漏洩疑惑のことか」

「はい。高原の身近な者で、わたしたちが監視したのは夫人と事務所の和田亮子……亮子を監視対象からはずしたということは……」

「早とちりするな」

「えっ」

「意図的ではなかったかもしれん」

「あっ」

莉子が口を半開きにし、やがてはずかしそうに笑った。

「すみませんでした。予断を持つなと言われているのに……」

「ひと口にインサイダー取引といってもいろんなケースが考えられる。自分が得た情報を基に株の売買をするやつもいれば、情報そのものを売るやつもいる。おしゃべり好きが高じて、うっかりと言うか、無意識に話す者もいるだろう」

「そうか」

莉子が声をはずませた。

「あの二人に関して言えば、夫人が医療機器メーカーの株取引を依頼し、春香がその背景に興味を持ったとも考えられますね」

「それもありうる。いずれにしても、いかに高原に資産があるとはいえ、株価が急落するほどの売買をしたとは思えない。高原は大の株好きといわれているが、これまで伸《の》るか反《そ》るかのギャンブルをしたことはないそうだ」

「あの株の売買には投資家筋が絡んでいると……」

「間違いない」

「それならやはり夫人が官邸情報を洩らし、春香がそれを利用したのでしょう」

「推測も要らん」

「すみません」

莉子があやまり、ちらと舌を覗かせた。

すっかり機嫌が直っている。

しゃべりすぎたか。

そう思ったが、後悔はめばえなかった。済んだことである。

テーブルにデザートが届いた。

窓際の席に視線をやった。

依子も春香もまだ料理を食べている。

「わたしは、引き続いて夫人を監視すればいいのですか」

そうしろ、と言いかけて、やめた。

漠としてだが、このあとの展開が気になった。

だが、自分は春香を追尾できない。約束の時刻の直前に電話をかけ、荒井にむりを頼んで夕刻に変更してもらったのだ。その前にもほかの約束がある。

「春香を追え」

「わかりました」

いつのまにか莉子はデザートを食べおえていた。

「でよう。むこうと一緒にでれば怪しまれる恐れがある」

「ひと言だけいいですか」

「なんだ」

「玲人さんの任務に関しては伯父になにも話していません。伯父も訊きません」

「そう言われると、勘ぐりたくなるものだ」

「それでもかまいませんが、いまのは伯父の名誉のために……」

玲人は目でうなずいてから立ちあがった。
おそらく、つぎの約束の場所に着いたころには忘れているだろう。
稲村はきょうも機嫌がよさそうに見えた。
だが、それを鵜呑みにできないのは過去に経験している。
稲村が内閣官房長官だったころのことだ。
三人の議員と赤坂の料亭をでてきた稲村は上機嫌にふるまっていた。
──ありがとうございました。おかげさまで胸の不安がとれました──
稲村が車に乗る寸前に、山西という議員がそう言って、深々と頭をさげた。
玲人は、後部座席のドアを閉め、助手席に乗った。
車が発進したときはもう、稲村は携帯電話を耳にあてていた。
──臨時国会を開く前に山西を解任する……そうだ。総理には俺から伝える──
稲村は執務室でのやりとりのような口調で言った。
その五日前、山西は週刊誌で女性スキャンダルを暴露されていた。
玲人は、稲村の豹変ぶりにおどろいたが、稲村を見る目が変わることはなかった。
見た事実は記憶に残すか、忘れるかのどちらかである。

そうすることに慣れていた。良くも悪くも、政府の要人警護の任務で感情をゆらさない術を身につけてしまった。

衆議院第一議員会館の稲村の部屋に入ったところである。

玲人は、座るなり声をかけた。

「きょうは、となりの部屋に人を待たせていないのですか」

「だいぶひまになってきた。もう、勝負ありだな」

稲村がニッとした。

傲慢《ごうまん》なもの言いも、余裕の笑みも、だがしかし、慢心しているとは思えない。

玲人は慎重に言葉を選んだ。

「きょうはひまつぶしに呼ばれたのですか」

「迷惑か」

「とんでもありません」

「君はひまがないようだな」

「そう見えますか」

「見えん。そういうところを、わたしは買っている。寝る時間がないほど多忙でも、時が過ぎるのを忘れるほどひまでも、それが顔や態度にでるような連中はくだらん」

「器用ではないし、根がのんびりしているせいでしょう」

「そう謙遜《けんそん》するな。ところで、難航しているのはどっちだ。高原か、山井か」

「両方……というより、任務そのものがはかどっていません」

「いいではないか。子どもにもできる任務なんて、男のやることではない」

「先生は、山井のほうを気にしておられるのですか」

「どうしてそう思う」

稲村の目に熱を感じた。

「先日ここでお会いしたとき、高原副大臣のことは話していただいたのに、山井に関してはなにも教えてもらえませんでした」

「縁の濃さが違う」

稲村がにべもなく言った。

「先生は山井と親密な関係にあるようですね」

「それはともかく、高原との縁は……」

稲村が人差し指でテーブルをなぞり、その腹を見せた。

「ほれ、ここについた埃《ほこり》のようなものだ」

「では、自分も副大臣のことは脇に置きます」

「それで任務を果たせるのか」

「どうでしょう」

玲人は苦笑交じりに応え、すこし間を空けた。

「初対面だった副大臣と山井の縁は、その後どうなったのですか」

「話したくないと言ったはずだが」

「覚えていますが、あえてお訊ねしています」

「なぜだ」

「副大臣は永田町でうわさになるほど、無類の株好きです。先生は、それを承知のうえで二人を引き会わせられた」

稲村がうなずき、目であとの話を催促した。

「高原は、使い道にこまるほどのカネを山井に託したのですか」

「あまりの端《はした》ガネで、逆に、使い道にこまっていると山井から報告があった」

玲人は胸のうちで安堵した。

稲村の言葉にうそはないだろう。

だとすれば、高原はインサイダー取引に関与していないことになる。株価がおおきく変動するような勝負をしたのなら、山井は格好のパートナーになったはずである。

稲村がおもむろに口をひらいた。

「山井の、なにを知りたいのだ」

「なにをと言われましても……現時点では自分の興味の範疇にすぎません」

「わたしに聞くより、己の目と耳で確かめたらどうだ」

「とてもむりです」

「そういう情報を得たわけか」

「はい」

「会わせてやろうか」

稲村の目が悪戯っぽく笑った。

「高原よりは君のほうに、山井は興味を示すかもしれん」

「お願いします」

玲人は頭をさげた。

きのうの、前田との別れ際のやりとりが胸中の真ん中に在る。

副大臣の周辺にいる人物との接触を願いでて、許可されたあとのことだ。

――君の報告を受けて、判断することがある――

――それは副大臣に関してということですか――

――応えられない。わたしが話せるのはここまでだ――

――審議官は官邸内の情報が漏洩していると確信されたうえで、わたしに指示されたということですね――

……そう受けとってよろしいのですね――

――かまわん――

前田が自分に指令した真意は、離党予備軍とうわさされる高原の身辺調査ではもちろんなく、情報の漏洩やインサイダー取引に関する疑惑の解明でもなく、もっと重要な、内閣というより、官邸そのものに打撃を与えかねない事案の真相究明にあると思う。

その推察が自分を山井にむかわせている。

「ただし、先日言ったことを忘れるな」

「はい。この借りは総選挙がおわったあとでお返しします」

玲人はみじんのためらいもなく言った。


毎度のことながら、荒井は旨そうに食べる。

それを見ていると、苦手な料理にも箸を伸ばしたくなる。

「ここの、鯨《くじら》のベーコンと鰻《うなぎ》の肝焼きは絶品だ」

おなじ台詞《セリフ》は、銀座三丁目の鰻割烹・ひら井に行くたび聞いている。

玲人は手酌酒をやりながら注文した料理が来るのを待った。

我慢が利く性分のうえに、好みの料理があるとほかに意識がむかなくなる。おいしそうに見える料理でも、他人がしきりに勧める料理でも、あとまわしにする。

ようやく、カワハギの刺身が来た。

カワハギの旬は寒い時期で、二月にならなければ肝心の肝がおおきくならないのだが、いまは養殖技術が発達し、秋も深まりかけるころには肝が成長する。

それでも養殖の魚には興味がなく、秋のカワハギは遠慮していたのだが、この店の主から、豊後水道《ぶんごすいどう》の養殖だから試してみては、と言われて食べた。天然物に比べ多少脂《あぶら》が濃いけれど、想像以上においしかった。

それ以降、秋のカワハギも好物のひとつになった。

きれいな黄土色の肝を醤油で溶いているうちに唾液がでてきた。

定量の三切れを食して箸を休めた。

同時に、荒井も顔をあげた。

「しばらく身動きがとれなくなる」

「いよいよ解散・総選挙が迫ったか」

「解散の時期は多少ずれるかもしれんが、総選挙は師走《しわす》の十六日で決まりだ」

「夏の党首会談での約束が守られるわけか」

新政党と民和党の党首会談でそんな約束が交わされたと、荒井に聞いていた。

しかし、玲人は聞き流した。議員どうし、政党間の約束には互いの利益と思惑が絡んでいて、そのことは内閣官房の仕事をしているうちに肌で感じとっている。

「あの約束ばかりは総理も先送りできない。実際、地方自治体は十二月十六日にむけて準備を進め、霞が関の各省庁もそれを軸にスケジュールを調整している。うちも、他社の政治部も同様で、すでに臨戦態勢に入った」

「それなのに身動きとれないとはどういうことだ」

「急遽、選挙対策班を組むことになって、そのキャップを命じられた」

荒井が苦々しそうに顔をゆがめた。

「不服なのか」

「さっきも言ったように、準備は万端なのだ。いまさら、そんなものは必要ない」

「抵抗したようだな」

「ああ。政治部長にも、編集局長にも咬《か》みつき、真意を問い質した」

「返答は」

「社命だと」

荒井が吐き捨てるように言い、盃をあおる。

「ほかの意図があると思っているのか」

「ああ」

荒井がテーブルに両肘をつき、丸顔を近づけた。

「俺の動きを封じたいんだろう」

「どうして」

「いま、思いあたることはひとつしかない」

「情報の売買か」

玲人は、荒井の言葉を思いだして訊いた。

――カネ集めに行き詰まった連中のなかには苦肉の策にでるものがいるらしい――

――さすがにマスコミには売らん。そんなことがばれたらクビが飛ぶ――

――おまえに頼まれなくても、情報売買のうわさには興味がある――

荒井が応えなかったので質問をかさねた。

「特定の政治家にたどりついたのか」

「どうかな。確証も確信もないが、疑わしい政治家たちはリストアップした」

「名前は」

荒井が首をふった。

「おまえといえども教えられん。このことがばれたらほんとうにクビが飛ぶ」

「封じ込め作戦は警告か」

「俺はそう読んだ。おそらく、永田町のタヌキがわが社に圧力をかけたんだろう」

「新政党の大物か」

荒井が首をかしげた。

「民和党の誰だ」

思わず声が強くなった。

頭に稲村の顔がうかんだせいである。

――会わせてやろうか――

そう言って悪戯っぽく笑った稲村の頭のなかが気になっている。

酔狂ゆえでないのは確かである。

どんな思惑があるのか。

読み切れなくても、玲人は二つ返事で依頼したのだった。

「俺は民和党の誰とは言ってないぞ。リストには与野党の国会議員がいる」

「大勢か」

「いまのところ、十数名……しかし、ひとりでも大変なスキャンダルだ。政治家がカネのために、国家と国民の利益を損ねることをしているのだからな」

「で、どうする。諦めるのか」

「冗談言うな」

荒井が吠えた。

「俺は東洋新聞社から給料を頂戴《ちょうだい》している。この不況で、しかも、わが社が傾きかけているのに、ありがたいことよ。だから、社の方針で、もしくは、俺の一存で、スクープネタを溝《どぶ》に捨てるのは惜しくもないし、腹も立たん。けど、外部からの圧力で、しかも政治家ごときのわがままに屈服させられてたまるか」

「会社に不利益をもたらし、おまえのクビが飛ぶかもしれんじゃないか」

「不良政治家どもの首根っこをつかんでしまえばどうということはない。つかみきれなかったときは、いさぎよく溝のネズミの餌にしてやる」

玲人は頰を弛めた。笑うしかなかった。

荒井が焼き立ての肝にかじりついた。

あっという間に食べおえ、おしぼりで口元を拭《ぬぐ》う。

「おまえのほうはどうなんだ。すこしはＮＥＲに近づけたか」

玲人は、わずかな逡巡のあと、腹を括った。

内閣官房の任務の中身は話せないが、別件としてのNERの話はできる。それに、どうしても荒井の話と稲村を切り離せなかった。

「民和党の稲村議員の仲介で、山井に会えそうだ」

「ほう」

荒井のどんぐり眼《まなこ》がこぼれおちそうになった。

「おまえが頭をさげたのか」

「そんなところだ」

「稲村と山井の関係をどうやって調べた」

「兜町の人にも頭をさげた」

「なるほどな。で、昔の縁《よしみ》で稲村に面会を求めたわけか」

「ああ」

「あのタヌキ、策士のくせに情があるからな。しかし、あのころのおまえと稲村の縁がいまも生きているとは意外だった」

玲人が荒井と知り合ったのは、稲村の部下として官邸に出入りしていたころで、当時、荒井は総理の番記者を務めていた。

荒井が話を続ける。

「会って、なにを話す。まさか、情報の売買などとは口にしないだろう」

「させたいような口ぶりだな」

「興味はあるが、そんな話を持ちだせば、山井は席を蹴るぜ。稲村の顔に泥を塗る」

「…………」

玲人は、さぐるように荒井を見つめた。

「なんだ、その目は」

「政治家が情報を売る先……山井に的を絞っているような言い方だった」

「有力容疑者のひとりだ」

荒井がふざけ口調で言い、すぐ真顔に戻した。

「けど、俺の興味は永田町の住人だ」

「なにか聞けたら連絡する」

「期待してる。今回の件では俺が一方的に情報を提供しているからな」

「感謝してる。けど、期待はせんでくれ」

「ふん。勝手なやつだ。まあ、いい。その代わり、今夜はおごれ」

「わかった。ここはまかせろ」

「ここは俺が持つ。おまえは、むこうを頼む」

「むこう……」

「俺のママの店よ。このあいだメールが着て、おまえを連れて来いと……なんてこった。なんで俺が伝書鳩をやらされなきゃいかんのだ」

乱暴に言いながらも、顔は笑っていた。


まさか、夕方に好物を、深夜に苦手な料理を食べるはめになるとは思いもしなかった。しかし、苦手とはとても言えなかった。

「辛いのは大丈夫……お酢は……きらいなものは言って」

明穂が声をかけながら、餃子のタレを調合している。そうしながら、目の端で、鍋の煮具合を確認する。

銀座のモツ鍋屋で差し向かっている。

――モツ鍋を食べに行こうよ――

明穂の店をでたときにそう言われ、二つ返事で応諾した。

荒井とは一時間前に別れた。明穂の店で遊んでいるさなかに電話があり、懇意にしている議員から呼びだされたのだ。

――しょうがねえ。今夜は俺のママを貸してやる――

そう言い残して消え去った。

明穂が真剣な表情で手を動かし続ける。

玲人は、また知らない一面を見て、知らず顔がほころんだ。

「どうかしたの」

「家でも料理をつくるの」

明穂がはずかしそうに首をふった。

「食い意地が張っているからお料理を覚えたいんだけど、なかなか時間がなくて……それに、わたしはのんびり屋だから、なにをするにも時間がかかるの」

「そんなふうには見えないけど」

「お店では神経が張り詰めているからよ。家に帰ってから寝るまで二時間はかかるし、支度にもおなじくらいかかって……毎日毎日おなじことのくり返し……」

「いやになることはないの」

「瞬間的にはあるわ。でも、考えないようにしているの。自分のお店だもん。わがままは……ごめん。さあ、食べましょうよ。わたし、お腹すいた」

明穂がとり皿にモツ鍋の具を盛り、玲人の前に置いた。

モツは初めて食する。つまり、食べずして苦手の部類に入れていた。

箸を伸ばした先は餃子で、これが意外なほど旨かった。

その勢いを借りて、モツをつまんだ。

食感に気分が萎《な》えそうになった。

それでも、まずいとは思わなかった。キャベツとニラを食べ、またモツを口にした。

今度はすんなり食べられた。

「きらいなんだ」

明穂が心配そうな顔で言った。

まだ神経が張っているの。

見られていたことに気づき、そう訊きたくなったが、正直に初めてと言った。

「ごめんね」

「あやまらなくていいさ。初めてだけど、まずくはない」

「でも、おいしくない」

玲人はあわてた。言い方を違えたことを反省した。

「残していいわよ」

「大丈夫。この餃子、おいしいね」

「わたしも好き」

ようやく明穂が笑顔を見せた。

化粧がはがれおちた。

そんな錯覚に陥るような、やさしい表情だった。

「なんか、うれしいな」

明穂が言い、顔を右に左に傾けた。

子どものような仕種だった。

それを見ているうちにものを言えなくなった。

明穂も話をやめ、二人して黙々と食べた。

鍋の具材がおおかた片づいたころ、明穂がビールを呑んで、視線をむけた。

「たまにつき合って」

返事にこまった。銀座のクラブの常連客になるほどの余裕はない。

明穂はすぐに察したようだ。

「学割にする。ひと月に一回でも……」

明穂が声を切り、眉をさげた。

「ごめんね。はしゃぎ過ぎちゃった」

「あやまらなくていいよ」

玲人はやさしく声をかけた。

きょうの明穂の店は忙しくなかった。

しかし、明穂が自分を客にしようと思っていないことはわかる。

「たまに遊ばせて」

「ほんとう」

語尾がはね、明穂に笑顔が戻った。

「来週の土曜は実家に帰るけど、玲人さんはどうしてるの」

「家にいるよ」

前田には今週の金曜日に調査報告書を提出するよう言われている。

しかし、玲人は、言ったあとでこまった。明穂の父親の栄蔵から、土曜を空けておくよう頼まれたのを思いだしたからだ。

明穂はそのことを知っているのだろうか。

思案するうちに首が傾いた。

「それっ」

明穂が声をはずませた。

「こまったときの、玲人さんの癖ね」

「こまってはいないよ」

「じゃあ、土曜はドライブしよう」

「うん」

玲人は精一杯うれしそうに言った。

本心もうれしいのだが、栄蔵のいかつい顔がちらついて、ぎこちない笑顔になった。

8

つめたい空気のはるか彼方を千切れ雲が帯になって飛んでいる。

あれにぶらさがればどこへ運ばれるのだろう。

ふと思い、身体をふるわせた。

高いところが苦手で、たとえば観覧車を見あげるだけで身が固まる。

それなのに、なにかを見て、苦手なことや嫌いなことを連想してしまう。そういう性分だから、他人の笑顔に接しても、それを自分への好意とは受けとれないでいる。好意であってほしいと願いながらも、身体のどこかがそれを拒んでいる。

本音をさらせば、ひねくれ者とか臆病者と揶揄嘲弄《やゆちょうろう》されるだろう。

玲人は、千切れ雲にむかって息を飛ばし、皇居を臨むホテルに入った。

国交省の岩崎三郎は、前回の喫茶室の、おなじ席にいた。

東洋新聞社の荒井も、栄和証券の吉永も、なじみの店ではおなじ席に座りたがる。それは玲人も同様で、けれども、彼らと理由がおなじとは思わない。玲人にかぎれば、その席を好んでいるというより、慣れにまかせ、勝手に足がむくのである。

玲人は、黙って岩崎の前に腰をおろした。

声をかけるのをためらったのだ。

岩崎はひどくやつれて見える。縁が黒ずんだ目は充血していた。

「なにかわかったか」

岩崎の声はかすれていた。

「いいえ。ご報告のとおりです」

岩崎とは毎日メールでやりとりしている。時刻はまちまちで、岩崎からは仕事にさしさわるからと電話での応答は拒まれている。

霞が関の省庁は、政局を睨みながら、来年度の予算案の作成を行なっているのだ。岩崎は予算案作成の基となる政策を担う幹部なので多忙を極めているのだろう。

しかし、面相が変わるほどやつれているのはそのせいだけではなさそうに思えた。政局の只中で、新政党と民和党の意向に沿った二とおりの予算案を作成しているのは想像に難《かた》くないけれど、手慣れた作業のはずである。

「確証はありませんが、生きておられると信じています」

「はあ」

岩崎がにわかに気色《けしき》ばみ、いまにもつかみかからんばかりに身を乗りだした。

「よくもそんな呑気《のんき》なことを……押しつけられた仕事だからやる気がないのか」

非難というより、喧嘩腰のもの言いだった。

玲人は表情を変えなかった。

「結果をだせないのは心苦しいのですが、事件や事故の可能性はないと思います」

「それがどうした。言い訳か、気休めか」

「ご子息は自分が必ず見つけます。ですから、そう神経をとがらせないで……」

「うるさい」

岩崎が唾を飛ばしてさえぎった。

「君は家族がいないから、そんな勝手なことを言えるのだ。俺は毎日が針の筵《むしろ》で、ろくに眠れないし、仕事にも集中できん」

玲人の勘がひらめき、それがダメを押させた。

「息子さんは無事です。それは確信しています」

「そこまで言い切るのなら手がかりがあるのだろう。早く俺の前に連れて来い」

「お連れすれば安心するのですか」

「ん」

岩崎の眉間に深い皺ができた。

「どういう意味だ」

「なにか隠されてはいませんか」

「…………」

岩崎の瞳がゆれた。

玲人は畳みかけた。

「息子さんに会って、どうされるのです」

「どうしようと君には関係ない」

「そんなことはありません」

玲人は毅然《きぜん》として言った。

「なぜだ。わけを言え」

声を荒らげても狼狽ぶりはあきらかで、切れ者の官僚らしさは消え失せている。

「ろくに眠れず、仕事が手につかないほど息子さんの身を案じておられるのなら、警察に捜索願を提出されればよかったのです」

「面子《メンツ》がある。ただの親子喧嘩ごときで警察に駆け込めるか」

「喧嘩されたのですか。彼女のことで……」

「うるさい」

「確認します。息子さんが彼女を自宅に連れてきたのが二か月前で、それからしばらくは奥さんと息子さんが電話で話していた。間違いありませんか」

「ああ」

「どうして、ひと月前から連絡がとれなくなったのでしょう」

「知るものか」

「奥さんにも心あたりがないのですか」

「そう聞いた」

「では、自分に依頼される以前のひと月のあいだ……あなたは針の筵ではなかった」

「不安は日をかさねるごとに増大するものだ」

「自分が依頼を受けたのは四日前です。そのときもお疲れのご様子でしたが、いまほど憔《しょう》悴《すい》されてはおられませんでした。その余裕のなさの原因は何なのですか」

「な、なにを言ってる」

岩崎が身をのけぞらせた。

「自分に隠していることがあるなら、いま、話してください」

「隠しごとなんて……」

「手遅れになりますよ。息子さんに会わなければ……会って話さなければならないことがあるのでしょう」

「………」

「どうなのです」

岩崎の頬が青白くなった。くちびるはふるえているが、声にならない。

「わかりました。自分は手を引きます」

玲人はゆっくりと立ちあがった。

足を踏みだしたところで腕をつかまれた。

「待ってくれ」

泣きそうな声がした。

「頼む。引かないでくれ」

「正直に話されますか」

岩崎が幾度もうなずいた。

玲人は席に座り、岩崎が覚悟を決めるのを待った。

これまでのやりとりで、岩崎が精神的に追い詰められているのはわかった。

岩崎は自分を頼るしかない。

それも確信できた。

さほど時間はかからず、岩崎が口をひらいた。

「窮地に立たされている……」

弱々しい声音だった。

玲人は無言で岩崎を見つめた。

「わが省の事案が洩れた」

「政策に関することですか」

「ああ。所管するゼネコンの、来年度の事業計画の許認可に関する事案だった」

「その漏洩が息子さんにどう結びつくのですか」

「わたしがその事案の責任者で……規約違反なのだが、自宅のパソコンにも……」

岩崎が語尾を沈め、うなだれた。

「息子さんに見られた……いや、盗まれたと」

岩崎がうなだれたままうなずき、急に顔をあげた。

「ほかには考えられんのだ」

「事案にかかわった部下もいるでしょう」

「いる。だが、許認可の決定にかかわることはわたししか知らない」

「それが外部に洩れたという証《あかし》でもあるのですか」

「ある」

岩崎が強い口調で言った。

「ゼネコンの役員から、抗議……いや、現時点では疑惑の質問をぶつけられた」

「そのゼネコンが不利益を被《こうむ》っているのですか」

「ライバル社が、そっくりおなじもので、予算を低く抑えた事業計画を作成中との情報を得たらしく、自社の事業計画が洩れたとしか考えられないと言われた」

「しかし、ゼネコンの情報管理に落度があったとも考えられるでしょう」

「その点についてはは徹底的に調査をし、社内からの漏洩はなかったと断言できると……調査報告書を持参してきた」

「あなたは何と応えられましたか」

「当方も調査するとしか言えなかった」

「抗議があったのはいつのことです」

「君に依頼する二日前のことだ」

「あなたが自宅のパソコンに機密事案をとりこんだのはいつです」

「八月……お盆休みにひとりで検討したかった」

「息子さんが彼女を連れてくる前ですか、あとですか」

「あれは、八月最後の週末だったから、前だな」

玲人は首をかしげた。

疑念が声になる。

「息子さんは、彼女を連れてきた日以降、自宅に寄りつかなくなったのですね」

「そうだ」

また首が傾いた。

疑念が雷雲のごとくひろがっている。

しかし、いまそれを岩崎にぶつけたところで埒《らち》は明かない。

玲人は質問を変えた。

「ゼネコンとはどうなっているのです」

「けさ、連絡があった。来週の月曜までに納得のいく返答をいただけなければ、社として正式に抗議し、国交省の内部調査を申し入れると言われた」

「あと五日……」

玲人は短く息をついた。

何とかしますとは口が裂けても言えない。

努力しますと言えば、それではこまると、岩崎がわめきちらすだろう。

玲人は、岩崎の目を見てうなずくしかなかった。


前回とは打って変わって、亮子は笑顔だった。笑顔どころか、鼻唄が聞こえてきそうなほど上機嫌に見える。表情からは女特有の嫌悪感のような棘が消えていた。

「首尾よくいったようですね」

玲人は笑みをうかべた。

平河町の喫茶店に着いたところである。

亮子の機嫌のよさは高原事務所の近くの店を指定したことでも推察できた。

「ええ」

亮子が白い歯を覗かせた。

「あなたの要望は叶えたわ」

そう言って、バッグからとりだした封筒を手渡した。

玲人は中身を見た。

文字の半分以上は黒く塗り潰してある。

おそらく、資料をプリントアウトし、不必要というより、読まれたくない箇所をマジックインキで塗り潰し、さらに、それをコピーしたものだ。

それでも、玲人に不満はなかった。

十三名の氏名と証券会社名、および株取引の詳細が記されている。

「そこにある名前は先生の親族と、事務所関係者よ。でも、ことわっておくけど、政治資金規正法や大臣規範にふれるようなことはいっさいしていません」

大臣規範とは、閣僚が株取引を自粛するよう定めた閣議決定事項である。

「そういうことには興味ありません」

玲人はきっぱりと言った。

亮子がどうやって資料を調達したのかも興味がない。

資料を封筒に戻し、上着のポケットに収めた。

「これで商談成立ね」

亮子の声があかるくはずんだ。

「あなたと高原副大臣との関係は報告書に書きません」

「ねえ」

亮子が顔を近づけた。

「誰に報告するの」

「えっ」

　玲人は思わず頓狂な声を発した。

「あなた、内閣官房付きの調査官……そうなんでしょう」

「どこで、それを……」

「わたしの父は、官邸内の動向を注意深く観察しているの」

「なるほど」

　玲人は右の手のひらで己の太股を打った。

「それは迂闊《うかつ》だった。でも、その情報は訂正したい」

「どういうふうに」

「非常勤がぬけている」

「そんなこと……まあ、いいわ。あなたの素性が知れて、安心した。ただの探偵ならその資料を渡さなかったかもしれない」

「そう安心しきっていいのかな」

　玲人もくだけた口調で応じた。

「どういう意味よ」

「あなたの父上は官邸内の動向を注視していると言った。それは、高原副大臣の今後の身の処し方にかかわってくるからでしょう。逆に言えば、官邸内は誰も信用できないほどの疑心暗鬼に陥っている。あなたと副大臣との関係を報告すれば、官邸は泣いてよろこび、自分は非常勤の肩書きをはずせるかもしれない」

「はずしたいの」

亮子がにんまりとした。

すでに国会議員のような雰囲気がある。

「それはともかくとして、あなたはわたしと先生の関係なんて興味がないんでしょう。先生の周辺のおカネの動きを調べている……そう思うけど」

あまいね。

そのひと言は胸に留めた。

どうやら、自分の任務の内容がばれる心配はなさそうだ。

それで余裕ができた。

「そんなに上機嫌な理由は何なのかな」

「交渉が成立したからよ」

「ほう」

玲人は目をまるくした。

この人は賢い。頭が切れる。

そう思った。

「自分とは商談で、高原副大臣とは交渉……ですか」

「すごい」

亮子が目を見張った。

「内閣官房が例外的な役職をつくり、あなたを雇っただけのことはあるわ。元はＳＰ……警察官僚でもないのに……あっ、ごめんなさい」

亮子が舌を見せた。

「かまわないさ。で、後学のために、交渉の中身を教えてくれないかな」

「いいわよ」

きょうの亮子はどこまでもあかるい。

「先生に念書を認《したた》めてもらったの。先生が国会議員を辞められるときは、わたしを後継者に指名し、先生の後援会の方々の了承をとりつけると書いてある」

「それはめでたい。念書は以前からねだっていたの」

「いいえ。あなたの話からヒントを得たの。あのときはまだ、あなたが奥様の依頼で動いていると思っていたから……あのあと、先生に会って先手を打った」

「なるほど。自分が呼び止めたときに電話をかけた相手は副大臣だった」

「そう。いやな予感がしたの」

「それにしても、副大臣がよく即座に応じたものだ」

「一世一代の大芝居よ。拗《す》ねて、泣いて……正直に奥様に打ち明けると」

「もちろん、自分に会ったことは伏せた」

「あたりまえよ」

「夢の議員バッジは目の前ですね」

玲人は笑顔で言った。

亮子が、ふふっ、と含み笑った。

「あなたは、しっかり票読みをされているようだ」

「つぎの選挙で、先生は落選する。比例での復活当選もむずかしそう」

「副大臣が落選したあと、また芝居を打って、そのつぎの雪辱戦を諦めさせる」

「四年は長いよね」

「ということは、来年夏の参議院選挙を見据えているわけか」

「想像にまかせるわ」

「そうなると、地盤固めはともかく、選挙の資金集めが大変になりそうだ」

「そんなこと、思ってないでしょう」

「そのとおり。あなたは念書を懐に、彼氏と結婚する」

亮子の彼氏の父親は、名古屋市で不動産管理会社を経営する資産家である。

「招待状を送るわ。結婚式は参議院選挙の告示日の前日にするつもりよ」

亮子が言い置き、席を立った。

玲人は、颯爽《さっそう》と去る亮子のうしろ姿を唖然として見つめた。

あっぱれ。

そんな言葉しか思いつかなかった。


兜町とは道ひとつ隔てた茅場町《かやばちょう》にある喫茶店に入った。

初めての店で、昼間に兜町以外の場所で吉永に会うのも初めてである。

吉永がうかない表情を見せるのも記憶にない。

玲人は、コーヒーを注文してから話しかけた。

「どうされました。商いで気になることがあったのですか」

東京証券取引所の商いは三十分前におわっている。

吉永が首をふり、口をひらいた。

「あなたのほうこそ……お疲れなのではありませんか」

玲人は思わず顔を横にむけ、窓ガラスを見た。

輪郭は見えても表情はわからなかった。

それでも、そうかもしれないと思った。

午前中は国交省の岩崎に会い、麴町の立ち食い蕎麦屋《そばや》で昼食を済ませたあと高原事務所の亮子と話した。そのあと地下鉄で移動し、いまは日本橋にいる。

内閣官房の任務中は気にもしないが、他人と会うことでの体力の消耗や、神経の疲弊《ひへい》が知らず顔にでているのかもしれない。

しかし、それはそれで仕方ないし、気遣えばよけいつらそうな顔になるだろう。

玲人はさしさわりのない言い方を選んだ。

「そう見えるのなら、普段なまけているせいですね」

「そんなことはないでしょう。どんなお役目でもお国の仕事は大変だと思いますよ」

吉永は玲人の肩書きを知っているが、内閣官房とは決して言わない。

玲人は、ぶるっと顔をふり、吉永を見据え直した。

――会えますか。できれば、商いがおわったころに――

吉永から電話があったのは正午過ぎのことだった。

「NERのことで、なにかわかったのですか」

「そっちのほうではありません」

「では……」

「山井に関する情報です」

吉永はすこし前のめりになった。

「その前にお訊ねしたいことがあります」

「なんでしょう」

「わたしがあなたと知り合った当時の官房長官とは縁がおありですか」

「民和党の稲村議員のことですか」

「ええ」

「あります。あの人に声をかけられ、内閣官房の仕事をするようになったのです」

「そうですか……」

吉永が椅子に背を預けた。

玲人は顔を近づけた。

「しかし、任務と縁は別です。稲村議員がリッチ証券の加藤春香とつながっているのはあなたがくれた資料に載っていましたし、稲村議員と山井との関係は独自の調査でわかっています。どうか、気になさらず話してください」

吉永が背筋を伸ばした。

「わかりました。そういうことなら……ですが、この先の話は、同業の親しい友人から聞いたもので、わたしは事実か否かを確認していません」

「結構です」

吉永が息をつき、思いだしたように煙草を喫いつけた。

「まず加藤春香ですが、山井の紹介で稲村との縁ができたようです。その縁が、現在の政界人脈につながったと考えられます」

玲人はちいさくうなずいた。

吉永がファックスでよこした資料に載っていた政治家の大半は稲村が懇意にするか、公私の面倒を見ている者たちである。

「ご存知のようなので、山井と稲村議員の関係は省略します。山井と加藤はかつて愛人関係にあったとのうわさがありますが、ほんとうかどうか……ほんとうだとして、現在も続いているのかは不明だそうです」

「NERと、金融コンサルティング会社の山信のほうはどうです。山井が二つの会社を実質的に差配しているのですか」

「その件についてですが……ある人物を紹介しますので、直接会って話されてはどうですか。その人物は、かつて山井の側近で、現在は山井に絶縁されているそうですが、山井の活動のすべてを知る数すくない者のひとりだということです」

「その口ぶりからすると、あなたは会われていない」

「はい。知人の受け売りです。しかし、彼の話は信用できます。その人物に関しては自分も多少の知識があり、情報の一部を聞いて信用できると思いました」

「しかし、絶縁されたのなら、山井の現在の活動状況がわからないのでは」

「いいえ。知っているそうです。その理由を話したいのですが、その前に、もうひとつお訊ねしたいことがあります」

「なんなりと」

「調査費、もしくは取材謝礼費の名目で百万円を調達できますか。現金で百万円……それが相手の条件だそうです」

「わかりました。これから上司に相談します。が、調査に時間的な余裕がありません。自分が要求をのめば、きょうあすにでも会わせていただきたい」

「夜のほうがありがたいが、いつでも時間は空けるそうです」

「すこし待ってください」

玲人は携帯電話を手に、店の外にでた。

前田審議官が電話にでたので一分とかからずに席に戻れた。

「用意できます。あなたも連絡をとってください。できれば今夜にでも……」

吉永がその場で携帯電話を耳にあて、声をひそめた。

「OKだ。今夜の都合を聞いてくれないか」

それだけで電話を切り、待つこと五分、吉永の携帯電話が鳴った。

「わかった。八時に曙橋のコスモスだな」

玲人に聞こえる程度の声で言い、電話を切った。

「コスモスというバーで待っているそうです」

「お手数をおかけしました」

「とんでもない」

吉永が紫煙を飛ばし、短くなった煙草を灰皿に潰した。

「あなたが会われる人物の話をします。それも知人の受け売りですが……その人物は右腕の手首から先がありません」

「事故に遭われたのですか」

「そうではなく、切断されたのです」

玲人の背筋につめたいものが走った。

忘れようとしても忘れられない記憶が脳裡にうかび、あわてて頭をふった。

「どうされました。大丈夫ですか」

「大丈夫です。子供のころから猟奇やホラーが苦手なものでして」

「わたしもです」

吉永が苦笑し、話を続けた。

「その人物は女に目がなく……というか、知人によれば、生まれながらにして女に持てるタイプの男だそうで……ちょうどNERと山信が設立されたころのことですが、山井が溺《でき》愛《あい》する女がその男に惚れ、ただならぬ関係になった。それを知った山井が激怒し、その男を組織から追放し、絶縁した」

「それだけでは飽きたらず……」

「ええ。山井は旧知の暴力団にその人物を襲わせ、右の手首を切りおとした」

「それほどの憎悪で、暴力団を使ったのに、殺さなかったのですか」

「そのことはわたしも訊ねました。知人の推測ですが、その人物は山井のすべてを記した資料を作り、隠し持っているのではないかと……だから、手首を切断されたあとも、山井の側近たち……かつての仲間や部下に接触し、カネになる情報を入手したり、小遣いをまきあげたりしているようだと……」

「悪党の上前をはねる悪党というわけですか」

吉永が表情をくもらせた。

山井を悪党と称したことが神経にふれたようだ。

だが、吉永はなにも言わなかった。

「自分がその人物に会って聞いたことをお知りになりたいですか」

「いいえ。山井に関してはあまりふれたくありません。せいぜいNERや山信の実態を知りたいと思うくらいで……わたしは小心者なのです」

「それではあなたへの依頼はここまでにしておきます。おせわになりました」

玲人は十万円の入った封筒を吉永の前に置き、腰をあげた。

テーブルに背をむけたとき、吉永の深いため息が聞こえた。


時刻はまもなく午前零時になる。

玲人は、車の助手席のシートを倒し、かるく目をつむっていた。

かれこれ一時間あまり、おなじ姿勢でいる。

そのあいだ、運転席の小太郎がときどき話しかけてきたのだが、玲人はそれに応えながらも目は開けなかった。

神経が著しく消耗している。国交省の岩崎三郎も高原事務所の和田亮子も栄和証券の吉永学も疲れたけれど、曙橋の酒場であった男は彼らの比ではなかった。

垂れた髪の隙間から覗く眼光は異様に澄んでいて、カミソリの刃のようだった。

目に力のある男は幾人も見たが、目で斬られると感じたことはなかった。


ふるびた三階建ての雑居ビルの地下に、バー・コスモスはあった。

薄暗い店内は湿っぽく、天井や壁は蜘蛛《くも》の巣が張ってもおかしくないほど汚れ、カウンターの止まり木も、ひとつしかないボックス席も埃を被っているように見えた。

それでいて、来客を値踏みするような雰囲気がある。

六つあるカウンター席の奥に、男がいた。

身体が傾いていた。左腕で頬杖をついているが、長髪に隠れ、横顔は見えなかった。

細身のようだ。歳は四十前後か。

白のハイネックに茶系のタータンチェックのブレザーを着ている。

だらりと垂れる右腕の先はストゥールに隠れていた。

「いらっしゃいませ」

老年の小柄なバーテンダーが声を発した。
ほかに従業員の姿はなく、客も男ひとりである。
「大原です」
玲人は、男に近づき声をかけた。
返事はなく、それどころか、ピクッとも動かなかった。
かまわず、玲人はとなりの止まり木に腰をかけた。
男が頬杖をはずし、左手をさしだした。
玲人は、懐の封筒をテーブルに置いた。
男が中身を確認せずポケットに収めた。
玲人は男の横顔を見つめた。
男がカウンターに載る左肘に身体を預けるようにして、顔を傾けた。
前髪の隙間から覗く瞳は氷のようだった。
背筋に冷たいものが走った。
同時に血が走った。
記憶の蓋がずれ、捨てたつもりの感情が頭をもたげた。
男の目を見つめることでそれを押し込めた。

「俺の右手のことは知っているかい」

低い声も澄んでいた。

「ええ。又聞きですが……」

「山井の旦那もあまいよな」

男がぼそっと言った。

「おなじやるなら両手をおとせばよかったんだ」

「………」

男が煙草をくわえ、火をつける。

不自由を感じさせない所作だった。

左手の人差し指と中指で煙草をはさんだままグラスをあおった。

半分あった液体が消えた。

バーテンダーが近寄ってきて、空のグラスを手前に引き、バーボンのフォアローゼズのプラチナボトルを傾けた。

「おなじものを」

「かしこまりました」

およそ店内の雰囲気とはかけ離れ、邸宅の執事のようなもの言いである。

玲人は、琥珀《こはく》色にきらめく液体を呑み、視線を戻した。

すこしずつ神経が鎮まりだしている。

「自分は、どうして命を獲らなかったのかと訊きました」

まだ仕事の話に入れないような気がしての言葉だった。

相手の傷口にふれ、反応を確かめたいという余裕もめばえかけていた。

「そんな度胸はねえだろう」

ぶっきらぼうな声がした。

「旦那や、取り巻き連中の汚れ仕事はぜんぶ俺が請け負っていた」

「それならなおさら……」

「よさねえか」

あいかわらず低い声だが、凄みがあった。

とっさに、吉永の話がうかんだ。

――生まれながらにして女に持てるタイプの男だそうで……――

うかんだけれど、得心はしないし、訝《いぶか》しくも思わない。

ただ、吉永の言葉に抵抗は覚えなかった。

「挨拶はお仕舞いにして、仕事を片づけよう。ただし、最初にことわっておくが、百万円分の話しかしねえぜ」

男がグラスを持ち、咽を鳴らす。

たちまち、バーボンのロックが半分になった。


「あらわれました」

小太郎の声に、玲人は目を開けた。

左手のマンションの玄関から女がでてきたところだった。

「洋介を見たか」

「いいえ」

「ほかに出口は」

「ありません。あの玄関と外階段だけです」

五階建ての、こぢんまりとしたマンションである。

「どうしましょうか」

「ほうっておけ。どうせ、自宅に帰るのだろう」

小太郎の話では、ここから千尋の自宅まで歩いて五分とかからないという。

――岩崎洋介を発見しました――

小太郎の高揚した声を聞いたのは二時間ほど前である。

そのとき玲人は、四谷見附の居酒屋で呑んでいた。バー・コスモスをでたあと、途方に暮れた。右手のない男の個性に神経が休息を求めたがったのか、なにも考える気にならず、四ツ谷駅へむかい、さまようように歩いた。しばらくして赤提灯《あかちょうちん》の文字を見て昔に入ったことがあるのを思いだし、縄暖簾を潜ったのだった。

小太郎は終日、千尋を監視していた。

千尋は、午後六時半に新宿の割烹料理店でスーツ姿の男性二人と会食したあと、JR山手線に乗って目白駅で下車した。

改札口で千尋を待っていたのが洋介だった。

洋介と千尋はコンビニに寄ったあと、マンションの一室に消えたという。

「千尋はどうしてあのマンションを借りたのでしょうね」

小太郎は玲人が到着する前に、警視庁公安部の同僚に頼んで、マンションに関する情報をつかんでいた。千尋は三年前に賃貸契約を結んだそうである。

「さあな」

玲人はそっけなく返した。

——どんな手段を使ってもカネになる情報をつかむ。それがNERの社員らの仕事だ。

やつらがつかんだ情報をどこの誰に売るか……それは社長の玉木しか知らん——
右手のない男の情報を胸に、洋介と会う。
いまはそれしか考えていない。

玲人は、ひとりでマンションの玄関に立った。
「探偵の大原です」
インターホンにむかって話すと、ややあって声がした。
《なんの用ですか》
「三谷千尋さんから聞かれていると思いますが」
《実家には帰らない》
「それはあなたの勝手です。しかし、こうしてようやくあなたを見つけた。せめて話をしなければ仕事になりません。拒まれるのであれば、いまここであなたのご両親に連絡することになりますが……それでもかまいませんか」
《まだ連絡してない……》
「ええ」
《わかった。入って》

開錠の音がして、インターホンが切れた。

三十平米ほどのワンルームは殺風景だった。

カウンターで仕切られたキッチンには食器やポットがあるけれど、リビングは手前に細長いデスク、中央にコーナーソファ、奥にダブルサイズのベッドがあるだけで、ほかは見事なほどなにもなかった。家具はすべて濃茶色で統一されている。

そこだけを見ればシティホテルの客室のようである。

玲人は、ソファに座るなり、洋介に話しかけた。

「ここは三谷さんの部屋ですね」

「そう」

「なんのために借りられたのですか。彼女の自宅はすぐそこなのに……」

「そんなことも調べたの」

咎《とが》めるような口調だった。

「それが仕事です。何のためか、ご存知ですか」

「どうせ、彼女の家庭環境も調べたのだろうから教えるけど……家では仕事ができないから、会社でやり残した仕事をここでしてるんだよ」

「あなたはここに住んでいるようですね。高田馬場のアパートには帰っていない」

「ああ。あっちは親が来そうで……千尋がしばらくここに住めばって……そのほうが自分も安心するからって言ってくれたんだ」

「千尋さんは、別れたと言った」

「そう言うしかないだろう。親父がうるさいから」

洋介が怒ったように言った。

「NERを辞めたのもおなじ理由ですか」

「はあ」

「親が訪ねてくると思った」

「違うよ。あそこはクビになったのさ」

「いつのことです」

「九月のおわりに、突然、社長に言われた」

「おかあさんと連絡をとらなくなったころですか」

「そう。親父は頑固、母は心配性で……クビになったことを知られたくなかった」

母親は好きなんだ。

玲人は、言葉遣いでそう感じた。

「解雇の理由を聞いたのですか」

「役に立たないと、はっきり言われた」

「その二か月前に雇用契約を延長したのに」

「そんなの……反論の材料にはならないよ。俺だけじゃなくて、俺がいた数か月のあいだに、契約社員ばかりか、正社員が何人もクビになった」

「実績主義……しかし、玉木社長は、あなたが辞表をだしたと」

「体面があるんだろう。そんな話はどうでもいいよ」

「彼女はかばわなかったの」

「言えるわけない。独裁社長なんだ」

洋介が声を荒らげた。ここまでの話で溜まった鬱憤《うっぷん》を吐きだしたかのようだった。

玲人はかまわず話を続けた。

「千尋さんは大丈夫ですか」

「どういう意味よ」

「実績主義の、非情な会社なのでしょう」

「千尋は優秀だから心配ないね」

「彼女はどんな仕事をされているのですか」

「どうしてそんなことを……あんたには関係ないだろう」

「あります」

「えっ」

「おとうさんが窮地に立たされています」

「…………」

洋介が横をむいた。同時に、頬が小刻みにふるえた。

「おとうさんのパソコンから国交省の資料を盗みましたね」

「…………」

「どうなんだ」

玲人は怒鳴りつけた。

洋介の肩がはねあがった。見る見るうちに顔が青くなる。

「三谷千尋に頼まれたのか」

「ち、違う……」

声がふるえた。

「こっちを見ろ。俺は元警察官だ。警視庁には親しい連中がいる」

洋介がおっかなびっくりの体で顔のむきを戻した。

「彼女に頼まれ、パソコンの資料を盗んだ。そうだな」

「違う。俺が……見かねて……千尋をよろこばそうと思って……」

「なにを見かねた」

「だから、実績主義で……あのころ、千尋の成績がおちて……」

「会社に有益な情報をつかめなかったという意味か」

「そう。千尋はひどくへこんでた」

「そのころはもうつき合っていたのか」

洋介が力なくうなずいた。

「彼女とはどこで会っていた」

「最初のころは俺のアパート……しばらくしてここを使うようになった」

「彼女の成績がおちだしたのは、おまえとつき合いだしたあとのことか」

「…………」

洋介がうらめしそうに睨んだ。

「おちた理由もわかっているようだな」

「…………」

洋介がくちびるを噛んだ。

玲人は容赦なく質問を浴びせた。

「本人に聞いたのか。それで、別れ話を持ちかけられたか」

「違う」

洋介の声が裏返った。

「会社を辞めてもいいと……千尋は、そう言ったんだ」

玲人は、すこし迷ったあと、ほんとうだと思った。

——男と女がくっついたり離れたりするのは、はずみのようなもの……——

千尋はそう嘯いたあと、こうも言った。

——赤の他人のあなたに、わたしのなにがわかるの。家庭環境や経歴なんかで他人を判断するのは失礼……いいえ、非礼よ。洋介君の両親もひとり息子の性格すらわかってなかった。だからわたしは、自分のことを話さなかったの——

あのとき、玲人は素直に詫びた。

自分は実の親よりも洋介のことをよく知っている。

そう断言されたようで、二人は別れていない、と直感したからである。

——どんな手段を使ってもカネになる情報をつかむ——

この部屋を見たとき、右手のない男の声がよみがえり、千尋の手段を想像した。

しかしもう、そのことは記憶しておく必要がなくなった。

「どうする」

やさしい声になった。

洋介がきょとんとした。

「俺の仕事はおまえを見つけること……きょうの朝まで、おまえが国交省の資料を盗んだことは知らなかった。おまえの父親は、ゼネコンに追い詰められ、それも、俺がしつこく訊いてようやく、息子を疑っていると告白したのだ」

「あんな親父……どうなったってかまうもんか」

「本音か」

「ああ。大嫌いだ」

「母親は好きなようだが、どうして母親とも連絡をとらなくなった」

「結婚に賛成というわけじゃなかったけど、説得してみるって……でも、無駄だった。ある日、母が顔を腫《は》らしていて……親父に殴られたんだ」

「会っていたのか」

「その前の日の電話で、もう諦めてと言われ……気になって会った」

「わかった」

玲人は息を飛ばしてから言葉をたした。

「おまえに会えたこと、おまえが資料を盗んだことは、依頼主に報告する」

「それだけ……」

「ほかに報告してほしいことでもあるのか」

洋介が首をふった。

「できれば、母親に連絡してくれると、俺は助かる」

玲人は目で笑った。

洋介も口元を弛めた。

「最後に、ひとつ聞きたい」

「なにを」

「彼女は、おまえのおかげで社長の信頼をとり戻せたのか」

「そうだと思う」

「しかし、君はクビを切られた。彼女が情報元を話したからだな」

「たぶん……それがばれたときのことを恐れたんだろう。でも……」

洋介がすこし顎をあげた。

「俺、後悔してないよ」

あかるい声だった。

「がんばれ。そして、いつの日か、父親に詫びろ。罪は罪だ」

「うん」

洋介はあかるい青年の顔になっていた。

9

内閣官房の前田審議官は、玲人の仕事場に入るなり目を白黒させた。

「ここが君の城か」

「そんな大層なものではありません。さあ、どうぞ」

玲人はソファを勧め、前田と差し向かった。

前田を案内してきた莉子は居間に控えている。

「報告書ができあがり次第、持参しましたのに」

「いいんだ。一度、君の家を見たかった。それにしても……」

前田が声を切り、また視線をめぐらせた。

「この家は、外から見ても内から見ても殺風景で、隙だらけなのに、ここだけが別の住人の部屋に見える。塵《ちり》ひとつない。君が繊細な感情の持ち主なのはわかっていたが、これほど神経質とは気づかなかった」

「神経なんて遣ったことがありません。ずぼらの、なまけ者で……おまけに探偵稼業がひますぎて、やることがなくて家事をしています」

「そう謙遜するな。いや、よくわかった」

「なにが……ですか」

「伯父さんは玲人さんのことを知っているようで知らないと……莉子に言われた」

「…………」

玲人は口をへの字に曲げた。

なにかのはずみで声を忘れてしまうのは毎度のことである。

「調査は終了したそうだね」

「全容解明には至りませんが、お約束の期限を考えればこれまでかと思います」

「わかった」

前田がお茶を飲んだ。

その仕種からも表情からも、違和感を覚えるほどの余裕が伝わってくる。

「はじめに、官邸事案の漏洩疑惑についてご報告します」

前田がうなずくのを視認して話を進めた。

「医療分野に関する規制緩和についての政策案件が厚労省の高原副大臣から外部に洩れたのは間違いありません」

そのことについては確証がある。

――最初にことわっておくが、百万円分の話しかしねえぜ――

あれは冗談か、見栄のようなものだったのだろう。

右手のない男は百万円が安く感じるほどの情報を用意していた。

みずから大手医療機器メーカーの株価変動の背景を口にしたのは、栄和証券の吉永が、自分の素性と、自分がなにを調査しているかを男に話していたからだろう。

そうしなければ男が面談に応じなかったと思えば、吉永のルール違反は看過できる。

報告書の作成に時間を要していたのは、情報元である右手のない男の存在を隠す必要があったからだ。吉永の名はもちろんのこと、吉永と右手のない男を仲介した人物の存在も報告書に記したくなかった。

――義理ある男の頼みでことわれなかった――

別れ際に礼を言うと、右手のない男はそう言って苦笑をうかべた。

玲人は、彼と高原事務所の和田亮子の証言をまぜて話すと決めている。

「審議官がつかんだ情報のとおり、副大臣は親族と事務所関係者に医療機器メーカーの株売買を指示し、インサイダー取引を行なっていました。が、それは株が急落するほどのものではなく、あの株価変動には投資家の山井達郎が絡んでいたことが判明しました」

「ほう」

前田が目と口をまるくした。

意外と言うより、よろこんでいるふうに見えた。

「高原が山井に情報を売ったのだな」

「どうしてそう思われるのですか」

「決まっているではないか。君は、高原から官邸事案が洩れたと……高原は株価がおおきく変動するほどの取引はしなかったと……つまり、高原は山井に株取引を託さなかったわけで、そうなると、高原が情報を売ったとしか考えられん」

「ご推察に異論はありません。高原を発信元にした情報を山井がつかんだのは事実です。しかし、高原が直接、山井に売ったのではありません」

「ん」

前田が眉根を寄せた。

「どういうことだ」

「高原の指示かどうかわかりませんが、妻の依子はリッチ証券の加藤春香という営業担当者を介して医療機器メーカーの株を売買した。そのさいに、春香は依子から官邸の情報を聞きだしたか、もしくは、依子が話した。二人は親密な関係にあります」

「となると……山井に情報を売ったのは加藤春香ということになるな」

玲人は苦笑した。

前田が情報の売買に固執しているのは明々白々である。

しかし、いまはあえて無視した。これから先は、その話になるからだ。

「春香は山井の手下《てか》です。元は山井の愛人だったようですが、その関係が切れても、春香は山井のそばを離れなかった」

話しているうちに、右手のない男の嘲笑が耳によみがえった。

――身体が先か、カネが先か、という話よ。春香は捨てられたクチなのに、ほかの女に乗り換えられたのに、山井から離れられなかった。てめえの仕事とカネのためよ。春香にとって山井は師匠だからな。女の意地とかプライドとか……そんなもの、カネと比べりゃ紙屑《かみくず》……ゴミだ。山井も山井で、春香の欲の本質を知っているものだから、適当に餌を与えて、巧《うま》く利用してやがる――

顔がゆがみそうになった。

「春香は、自分が顧客から得た情報を山井に流しているのだな」

「そうです。そして、山井は、山信という金融コンサルティング会社を通じて株取引を仕掛けた。さらに山井は、NERという会社を介して情報を売った」

前田が聞きながら何度もうなずいた。

その仕種が、玲人には滑稽に見えた。

「審議官は、山信もNERもご存知のようですね」

「うっ」

顎を引いた前田が、すぐに表情を弛めた。

「君は意地悪だな」

「どういう意味でしょう」

「わたしの狙い……君に調査を指示した真意は、ホテルの喫茶室で話したときに見抜いていたのではないのか」

「勝手な推測にすぎません」

ザ・キャピトルホテル東急の喫茶室でのやりとりは鮮明に覚えている。

——君が結果をだして、それがむだになるということはない——

——おっしゃる意味がよくわかりません——

——君の報告を受けて、判断することがある——

——それは副大臣に関してということですか——

——応えられない。わたしが話せるのはここまでだ——

──審議官は官邸内の情報が漏洩していると確信されたうえで、わたしに指示されたそう受けとってよろしいのですね──

……そう受けとってよろしいのですね──

──かまわん──

あのとき、玲人は確信にも似たものを得た。

「君に命じて、ほんとうによかった。さあ、早く肝心な話を聞かせてくれ」

前田が、急かせるように身を乗りだした。

玲人は前田の双眸《そうぼう》を見据えた。

「永田町や霞が関の重要事案が売買されています」

「そうか……」

前田が語尾を沈めた。

意外な表情だったが、それもむりはないと思い直した。

前田は官邸を仕切る実務者のひとりなのだ。

情報売買は想定内のことで、玲人にその実態を調査させるのが前田の真意だったはずでも、永田町や霞が関の重要事案が売買されているという事実を突きつけられれば、憤怒を飛び越え、茫然自失となってあたりまえだと思う。

どう対応するかを考えるだけでも頭が割れそうになるだろう。

玲人は話を続けた。

「審議官の標的は端から山井だったのですか」

「山井が第一線から退いたあとも政界とつながっているのは把握していた。官邸や、新政党と民和党の政策に関する事案が金融筋に流出しているといううわさも知っていた。それで、この一年ほどをかけてＣＩＲＯのごく少数の者に、山井と、その関連会社といわれる山信とＮＥＲの実態をつかむよう指示したのだが、有力な情報は入手できなかった。そこへ、高原副大臣の疑惑が浮上し、君に賭けようと思いついた」

「すこし気分が楽になりました」

「ん」

「賭けなら、ダメ元の意味合いもあるでしょう」

「すまん」

前田が首筋に手をあてた。

玲人はほほえんで返した。

「山井が情報売買の元締めであるのは間違いありません。手元にはありませんが、証拠となりうる資料を見ました。売買に直接関与しているのはＮＥＲ……それも、買い手との接触は社長の玉木がひとりで行なっています」

「そんなに情報管理が徹底しているのか」

「はい。売り手との接触は、山井の人脈は山井本人が、ほかに関してはＮＥＲの正規社員が行なっていますが、単に情報を買っているだけではなく、あらゆる手段を講じて、情報を持っていそうな人物への接触を試みているそうです」

「あらゆる手段……」

「狙った相手の疵を見つけてつけ入るとか、罠《わな》にはめるとか、ときにはカネと暴力……女の場合は身体を武器にしていると聞きました」

「スパイさながらだな」

前田が呆れたように言った。

「ひとつの情報で、千万、億単位のカネが動くのです」

「ちょっと待て……」

前田が手のひらを突きだした。

「売るよりも、確かな情報を元に株を動かしたほうが安全だと思うが」

「売る先は、投資家や金融筋だけではありません」

「どこだ。誰に売る」

「企業です。霞が関の重要事案は企業の利益に直結します。大型公共事業や、政府が推進する新規事業などの関連事案であれば、一億円の投資も惜しくはないでしょう」

「うーん」

前田が唸り、天井を見あげた。

玲人は、最後に残しておいたことを口にした。

「もう一度確認します。自分の任務は永田町と霞が関の情報漏洩の実態を調査することだったと判断してよろしいのですね」

「そうだと言えば、どうなのだ。高原以外でなにかつかんだのか」

「はい」

玲人はきっぱり応え、国交省の岩崎の件を話した。

ただし、洋介と千尋の個人的なことは伏せた。

伏せたところで、前田がＣＩＲＯや公安部に調査を命じ、あるいは捜査二課に委ねれば全容はあきらかになるだろうが、自分から事実のすべてを報告するつもりはない。

前田がなにかを思いついたように目を見開いた。

「さっき、証拠になりうる資料を見たと言ったが、現物は手に入らないのか」

「むりを承知で交渉しましたが、百億円なら売ってやると言われました」

「なんと、百億……」

「永田町が吹っ飛ぶと思えば……いえ、冗談です」

前田がうらめしそうなまなざしを見せ、やがて、背をまるくした。

玲人は口をつぐんだ。

しゃべりすぎた。

諫《いさ》める別の自分がいる。

前田の顔から余裕の色はきれいさっぱり消えてしまった。

玲人はここまでと判断した。

「これで任務をおえてよろしいですか」

「それは……しかし、なんとも……その判断はすこし待て」

「自分の任務は疑惑の調査です。あすにでも報告書を提出しますが、それを基にどう対応されるにしても、自分のでる幕はありません」

「かと言って……」

前田が声を切り、苦悶《くもん》の表情を見せた。

玲人は、それを見て、己の判断が正しかったと確信した。

前田には隠した事実が幾つもある。

それを報告すれば、前田は苦悶どころか、悶絶するだろう。

そんなふうに思うが、悶絶する前田を想像して隠すと決めたわけではなかった。

永田町に激震を走らせ、これ以上の政治の混乱を招けば、そのあおりを食うのはひたすら不況に耐えている国民である。

いずれ永田町が落ち着きをとり戻すころにはマスコミが知るところとなるだろう。

そんな淡い期待も抱いている。

それにしても、胸にかかえた事実は重すぎる。

玲人は、そっとやるせないため息をついた。

瞼の裏側には、右手のない男の顔がへばりついている。


「NERは、情報を吸いとるためのバキュームカーだ」

右手のない男は、感情の欠片《かけら》もこめずに言い放った。

男が医療機器メーカーの株取引の裏事情を話したあと、玲人は、山井とNER、山井と山信の関係について訊ねた。

その返答である。

玲人は黙ってあとの言葉を待った。

神経は張り詰めたままでも、血は鎮まっている。

「山信は表の会社というか、大雑把《おおざっぱ》に言えば、法にふれることはしていない。もっとも、顧客の一部には、カネ集めであぶない橋を渡っちゃいるようだが」

「裏のNERは違法行為を行なっているのですね」

「ああ」

「法に抵触する情報の売買と受けとっていいのですね」

「かまわねえ。事実、それがNERの稼業だ」

玲人は臍の下に力をこめた。

「失礼な言い方はご容赦ください。あなたは、山井から絶縁されたと聞きました。それなのにどうして、そんなにくわしくご存知なのですか」

男の髪がゆれ、切れ長の目が露《あらわ》になった。

刹那、股間が縮みあがった。

殺されるかと思った。

おまえも臆病になったもんだ。

頭の片隅で声がし、それで視線を逸らせずに済んだ。

五秒が過ぎたか、三十秒が経ったのか。

玲人は、ふと、気づいた。

男の目は笑っているのではないか。

そんな気がした。

「俺は無茶をしねえからな。飯を食えて、お遊び程度の博奕《ばくち》を打てりゃそれで充分よ。山信の小林も、NERの玉木も、算盤《そろばん》は弾ける。カネと情報で俺の記憶に蓋をしておいて損はねえというわけだ」

「あなたは連中の疵をつかんでいる……そういうことですか」

「………」

目が消えた。

「あんたの雇い主に百億を用意できるか訊いてみな」

むりです、とはあえて言わなかった。

男に見切られているのがわかったからだ。

「帰ってくれ」

男が言った。

バーテンダーが近づき、男のグラスに氷をおとし、おなじものを注いだ。

そのあと、玲人のグラスを引き、テーブルを拭いた。

ここでの記憶はすべて消せ。

玲人は、そう言われたような気分になった。

民和党の稲村の笑顔は永田町の勢力図が激変するのを連想させる。

国家権力とはそんなに魅力的ですか。

そう訊きたくなる。

権力だけに執着すればいいではありませんか。

そう言いたくなる。

稲村は、衆議院第一議員会館の自室のソファに小柄な身を預けていた。

「山井とはたのしく話せたか」

「はい。いろいろ勉強させてもらいました」

玲人は素直に言った。

二時間前、帝国ホテル中二階のバーで山井と二人きりで話した。

山井は紳士然として、兜町の風雲児として名を馳《は》せた男とは思えないほど表情は穏やかで、語り口もやわらかく丁寧だった。

それが地なのか、七十に届こうとする年齢によるものなのか、あるいは、一秒一瞬の勝負の世界に生きぬくうちに身についたものなのか。

玲人にはわかりようがなかった。わかったところで、なんの感慨もめばえない。山井という男の存在そのものが自分の範疇からはずれているのだ。

加えて、右手のない男に会ったあと、急速に山井への興味が失せた。

それでも、昨夜に稲村から電話がかかってきたとき、二つ返事で山井との面談の日時を受け容れ、稲村の仲介の労に謝意を述べた。

右手のない男の言葉が胸にひっかかっていたせいだ。

——山井の旦那もあまいよな——

——おなじやるなら両手をおとせばよかったんだ——

そう言った声に怨念《おんねん》は感じなかった。

この男はいまも山井を慕っているのではないか。

あるいは怨念がめばえないほど山井の器量を見切っているのか。

そんなふうに思ったが、斟酌する気にはならなかった。

あのときの男の声が鼓膜に残っていなければ、稲村の労をむだにしたかもしれない。

「印象はどうだ」

「先生の凄さ……恐ろしさを実感しました」

「うれしいね」

稲村が目を細めた。

意外な反応ではなかった。

稲村は山井を背後で操る男なのだ。

まわりくどいもの言いも、駆け引きもしない。

議員会館にむかう途中で、そう決めた。

——山井との面談は一時間半。そのあと、まっすぐ議員会館に来なさい——

稲村は自分の思惑を見ぬいている。

そう感じるひと言だった。

「君が前田の期待に応えるだろうとは予測していたよ」

「期待には半分も応えていません」

「日本語の使い方を間違えていないか」

稲村がたのしそうに頬を弛め、言葉をたした。

「応えていないではなく、応えなかったのだろう」

「…………」

玲人は苦笑した。

「君は、じつに賢明な男だ」

「ほめられている気分になりません」

「不愉快なのか」

「このあたりが……」

玲人は胸をさすった。

「重くて、もやもやします」

「それをわたしに吐きだしなさい。怒鳴ってもかまわん」

「では、お言葉にあまえてお訊ねします。山井を使って永田町や霞が関の機密事案を入手するのはカネ儲けのためですか、それとも、ほかに意図があるのですか」

「君はどう思っている」

「わからないのでお訊ねしました」

稲村がうなずき、茶を飲んで間を空けた。

「わたしが言わなくてもわかっているだろうが、日本は、世界の国々からスパイ天国と揶揄されるほど、危機管理、情報管理があまい。かつて総会屋やブラックジャーナリストらがのさばっていたのも、たいして汗をかかない企業が伸《の》しあがったのも、構造的な癒着《ゆちゃく》や情報の流出があったからだ」

「永田町や霞が関の情報の流出を防ぐために……」

玲人は声を切った。あとに続く言葉がうかばなかった。

そんなばかなという思いが強いせいもある。

「君が信じようと信じまいと勝手だが、わたしの手元には一円も届かん。その代わりと言えば語弊があるかもしれんが、永田町や霞が関の疵は掌握できている。山井にどこからどんな情報が入り、それがどう流出しているのかも熟知している」

「山井は手駒ですか」

「そうだ。それも容赦なく捨てられる駒のひとつにすぎん」

「駒とはいえ、国の重要な情報を利用し、カネ儲けに励んでいます」

「たいしたことではない。国益と比較すれば……いや、比較にならないほど微々たるものだ」

「そうおっしゃられても、情報の売買は国益を損なう行為で、違法です」

「では訊くが、情報漏洩を防ぐ有効な手段はあるか」

「思いつきません」

「そうだろう。誰も思いつかん。人の心は……欲そのものは、法律で縛れん。法を犯した者にどんな厳罰を下そうと、それは情報流出の後始末にすぎん。殺人者が死刑に処されようと、殺された人が生き返らないのとおなじことだ」

「…………」

玲人は口をつぐんだ。

これ以上の問答は不毛のように思えてきた。

稲村が大局観を持ち、政治家としての信念のもとでの行動と理解しても、情報売買を容認している事実には抵抗を覚える。

しかし、それを問い質そうとは思わない。

己の任務はおわっている。

個人として稲村の頭のなかを覗きたい気持はあるが、言葉のやりとりでは稲村にやりこめられるのは目に見えている。

ふいに、右手のない男の声がよみがえった。

――ＮＥＲは、情報を吸いとるためのバキュームカーだ――

あなたは政界のバキュームカーを気どっているのですか。

玲人はそう言いたくなった。

「ところで……」

稲村の声がして、逸れていた視線を戻した。

「辞めないだろうね」

「どうでしょう」
玲人は曖昧に返した。
想定外の質問だった。
そもそも、これまで内閣官房の仕事を続けるか否かを考えたことがないのだ。
それに稲村には約束をした。
――この借りは総選挙がおわったあとでお返しします――
自分が山井とおなじ手駒のひとつであろうと約束は守る。

10

赤とんぼはどこへ行ったのだろう。

竹箒を手に縁側に腰掛け、そんなことを思った。

月が替わり、もうすぐ正午というのに空気はひんやりとして、庭のそこかしこに深まる秋の気配がひそんでいる。

すっかり神経は弛んでしまい、頭も肩も軽く感じる。

普通の人々は週末を家でのんびりするか、いそいそと何処かへでかけるのだろうが、計画性のまるでない玲人は、たのしい週末を思い描くこともなく、気がつけば月曜になっていたというのが常であった。

「おはよう」

元気な声と共に、和子があらわれた。

きょうは手ぶらだった。

「これから買出しに行くの」

「なに寝ぼけてるの。きょうは土曜よ」

「そうか……」

「さあ、支度して」

「はあ」

「絶好のお散歩日和……こんなところでぼうっとしていたらもったいないでしょう」

「どこへ」

「だから、散歩よ」

和子の気分がはずみ、急いでいるのが手にとるようにわかった。

しかし、わかるほどに玲人の首は傾いてしまう。

「あっ」

玲人は思わず声を発した。

土曜と聞いたときすぐに思いだせないほど頭は昼寝していた。

「さあ、早く……」

「玲人さん、邪魔するぜ」

二つの声がかさなった。

ニコニコ顔で、隣家の栄蔵がやってきた。

「いよいよだ。準備はいいかい」

栄蔵の眼中に和子の姿はないようだ。

「なにが、いよいよなの」

和子が玲人に訊いた。

「それが……」

玲人は口ごもった。

「決まってるじゃねえか。見合いだよ」

栄蔵が声を張った。

とたんに、和子が眦をつりあげた。

「あんなきどった女……玲人さん、やめときな」

「な、なんてことをぬかしやがる」

栄蔵が腕まくりしそうになった。

和子も負けてはおらず、栄蔵にむかって顎をしゃくった。

玲人は尻がムズムズしてきた。この場を脱走したい気分である。

「玲人さん」

和子の声がひきつった。

「あんたが優柔不断だから、人につけ入られるのよ」

「よくもしゃあしゃあと……」

栄蔵の顔が赤鬼になる。

そのときである。

塀のむこうで車の停まる音がした。

あのエンジン音は身体が覚えている。

助かった。

胸で叫んだときはもう、竹箒を投げだしていた。

この作品はフィクションです。実在の事件・人物とは一切関係ありません。

情報売買

一〇〇字書評

切り取り線

購買動機（新聞、雑誌名を記入するか、あるいは○をつけてください）	
□（　　　　　　　　　　）の広告を見て	
□（　　　　　　　　　　）の書評を見て	
□ 知人のすすめで	□ タイトルに惹かれて
□ カバーが良かったから	□ 内容が面白そうだから
□ 好きな作家だから	□ 好きな分野の本だから

・最近、最も感銘を受けた作品名をお書き下さい

・あなたのお好きな作家名をお書き下さい

・その他、ご要望がありましたらお書き下さい

住所	〒				
氏名		職業		年齢	
Eメール	※携帯には配信できません	新刊情報等のメール配信を 希望する・しない			

この本の感想を、編集部までお寄せいただけたらありがたく存じます。今後の企画の参考にさせていただきます。Eメールでも結構です。

いただいた「一〇〇字書評」は、新聞・雑誌等に紹介させていただくことがあります。その場合はお礼として特製図書カードを差し上げます。

前ページの原稿用紙に書評をお書きの上、切り取り、左記までお送り下さい。宛先の住所は不要です。

なお、ご記入いただいたお名前、ご住所等は、書評紹介の事前了解、謝礼のお届けのためだけに利用し、そのほかの目的のために利用することはありません。

〒一〇一－八七〇一
祥伝社文庫編集長　坂口芳和
電話　〇三（三二六五）二〇八〇

祥伝社ホームページの「ブックレビュー」からも、書き込めます。
http://www.shodensha.co.jp/bookreview/

祥伝社文庫

情報売買《じょうほうばいばい》　探偵《たんてい》・かまわれ玲人《れいじ》

平成25年3月20日　初版第1刷発行

著　者　浜田文人《はまだふみひと》
発行者　竹内和芳
発行所　祥伝社《しょうでんしゃ》
東京都千代田区神田神保町3-3
〒101-8701
電話　03（3265）2081（販売部）
電話　03（3265）2080（編集部）
電話　03（3265）3622（業務部）
http://www.shodensha.co.jp/

印刷所　堀内印刷
製本所　積信堂
カバーフォーマットデザイン　芥 陽子

 ISBN978-4-396-33824-4 C0193